Daniel Glattauer

Die
Vögel brüllen

Kommentare
zum Alltag

GOLDMANN

Die *Kommentare zum Alltag*
sind in der Tageszeitung *Der Standard* erschienen.

FSC
Mix
Produktgruppe aus vorbildlich
bewirtschafteten Wäldern und
anderen kontrollierten Herkünften

Zert.-Nr. SGS-COC-001940
www.fsc.org
©1996 Forest Stewardship Council

Verlagsgruppe Random House FSC-DEU-0100
Das FSC-zertifizierte Papier *Holmen Book Cream* für dieses Buch
liefert Holmen Paper, Hallstavik, Schweden.

1. Auflage
Taschenbuchausgabe Oktober 2010
Copyright © der Originalausgabe
by Deuticke im Paul Zsolnay Verlag Wien 2004
Copyright © der deutschsprachigen Ausgabe 2010
by Wilhelm Goldmann Verlag, München,
in der Verlagsgruppe Random House GmbH
Umschlaggestaltung: UNO Werbeagentur, München
Umschlagcollage: Getty Images/DEA PICTURE LIBRARY
KA · Herstellung: Str.
Druck und Bindung: GGP Media GmbH, Pößneck
Printed in Germany
ISBN: 978-3-442-47243-7

www.goldmann-verlag.de

Aug in Aug mit Désirée

Unlängst war ich bei meiner Henne. Sie hört auf den Namen Désirée. Zugegeben – *alle* 320 Hennen hören auf den Namen Désirée. Alle 320 im Hühnerstall der Frau Rosa Kumpusch in Ettendorf bei Stainz im Schilcherland in der Südweststeiermark.

Alle 320 Hennen hören überdies auf den Namen Auguste, Daphne, Clementine. Sisi, Mitzi, Gerli. Katja, Anja, Tanja ... Um die Sache zu verkürzen: Jedes Huhn hört auf jeden Namen. Stellt man sich in den Stall der Frau Rosa Kumpusch und ruft irgendeinen Namen, bleibt allen 320 Hühnern schlagartig das Gackern im Halse stecken, sie drehen ihre Köpfe her und warten angespannt, was passiert. Es passiert nichts. Sie warten zwei Sekunden. (In der ersten vergessen sie, worauf sie warten. In der zweiten, dass sie warten.) Dann gehen sie gackernd ihrer jeweiligen Untätigkeit nach.

Meine Henne heißt Désirée – weil auch *sie* sich angesprochen fühlte, als ich im Hühnerstall »Désirée« rief. Die Hühner dürften übrigens weder miteinander verwandt noch verschwägert, sondern identisch sein, frisch der Vervielfältigungsmaschine entschlüpft. Sollten Sie sich fragen, wie ich Désirée von ihren 319 Plagiaten unterscheiden konnte und kann, so möchte ich Ihnen höflich mitteilen, dass das also wirklich mein Problem ist.

Es war nicht meine Idee, mit Désirée Kontakt aufzunehmen. Ich wurde sozusagen angeworben. Auf einer

Eierpackung in einem Wiener Supermarkt stieß ich bei der obligatorischen Suche nach dem Wörtchen »Freilandhaltung« auf die Banderole »Schilcherland«, ein Verein, welcher lokale Spezialitäten gehobener Qualität zu vermarkten versteht. Text der Animation: »Kommen Sie doch, besuchen Sie die Henne, die Ihr Frühstücksei legt!« – Das traf sich gut. Die wollte ich immer schon kennen lernen.

Treue Freunde versuchten mich zurückzuhalten. »Nimm's nicht so wörtlich«, meinte einer. »Die Henne deiner Eier wirst du niemals finden«, prophezeite ein anderer. Aber da stand mein Entschluss schon fest: Ich musste sie sehen.

Ich fühle mich einer Konsumentengeneration zugehörig, in der das Vergnügen am Essen nicht mehr daran gemessen wird, wie gut es schmeckt, sondern daran, woher es kommt – und wie gut es ihm vor der Verspeisung ergangen sein mag. Bezüglich des Vorlebens von Gemüse hält sich meine emotionelle Zuwendung in Grenzen. Dem Angebot: »Besuchen Sie die Kartoffel, aus der Ihre Pommes frites geschnitten werden«, hätte ich wahrscheinlich widerstehen können. Handelt es sich aber um Tiere, über deren missliche Lage auf dem Teller weder mit Grillgewürzen noch mit Panier hinweggetäuscht werden kann, so sollten diese wenigstens zu Lebzeiten auf ihre Rechnung gekommen sein, meine ich. Angeblich schmecken sie dann auch besser.

Die Reise führte mich in eines der schönsten Hügelländer des Kontinents. Bitte überzeugen Sie sich nicht selbst! Der Reiz der steirischen Weinstraßen liegt im Verborgenen. Genau dort soll er bleiben.

Das Schilcherland entpuppte sich als Mekka glücklicher Hühner. Sechzehn Betriebe konnten betreten werden, knapp fünftausend Hühner waren zu besichtigen. Da ich der einzige Huhnbesucher an diesem Tag gewesen sein dürfte, galt mir seitens der Hühnerschaft die volle Aufmerksamkeit. In Weinberg bei Franz Zöhrer erlitt ich beim Anblick seiner vierhundert kraftstrotzenden und allzeit legebereiten Hennen die erste geistige Cholesterinvergiftung. Am liebsten hätte ich sie alle mitgenommen, alle Eier natürlich. Was sollte ich mit vierhundert Hennen?

Die Produktionsrichtlinien ermöglichen den Tieren eine Art Club-Méditerranée-Dasein auf Lebenszeit: »Mindestens zehn Quadratmeter Auslauffläche pro Huhn, davon mindestens acht Quadratmeter begrünt. Ausreichender Sonnenschutz, Sandbad, transportable Tränken ...« Fehlt nur noch der Golfplatz.

Es soll hier keine Diskussion über die Intelligenz von Hühnern geführt werden. Der Freiheitsgedanke von Freilandhennen erschöpfte sich zum Zeitpunkt meiner Visite jedenfalls darin, geschlossen auf die Freiheit zu verzichten, die Nähe der geöffneten Türen zu meiden, sich im Stallinneren Leib an Leib zu pressen, um im Akkord Körndln zu fressen, übereinander an tropfenden Wasserhähnen zu zapfen, zu viert die Nester zu besteigen, im Team Eier zu legen und auch sonst alles zu tun, was diametral jener Freiheit entgegengesetzt war, die ich meinte und die sie hatten. Doch sie waren glücklich dabei.

Ich bilde mir nichts darauf ein – aber ich erfuhr in wenigen Minuten mehr über ihr Leben, als sie selbst je davon mitbekommen würden. Steirische Legehennen werden viereinhalb Jahre alt, aber nur theoretisch. Zwanzig Wochen nach der Geburt produzieren sie die ersten Eier: schon schön oval, aber nur Kategorie fünf, das sind die kleinsten. Dann folgen fette zwei Jahre. Hundertprozentige Legeleistung hieße: ein Ei pro Tag pro Henne. Aus traurigen Batteriehennen werden mittels nächtlicher Light-Shows 98 Prozent Leistung herausgeboxt. Ungestresste Freilandhühner schaffen nur 70 Prozent. Dafür sind die Eier besser, die Dotter gelber, die Preise höher. Nach zwei Jahren nimmt die Legeleistung ab. Eine Henne, die nur noch jeden dritten Tag Eier legt, lebt bereits deutlich über ihre Verhältnisse – und deshalb nicht mehr lang. Ihre Perspektiven: Suppenhuhn, Hundefutter, Tierkörperverwertung.

Aber reden wir von Erfreulicherem. Désirée hat vor meinen Augen ungeniert ein Ei gelegt. Es war noch warm. Ich durfte es haben, sie konnte nichts damit anfangen.

Wir sind so verblieben, dass ich bei Gelegenheit wieder vorbeischauen werde. Vielleicht verschlägt es Désirée auch einmal in meine Gegend. Wer weiß, vielleicht organisiert sie eine Gegenveranstaltung nach dem Motto: »Besucht die Menschen, die eure Eier zum Frühstück fressen.«

Sodala

Sonja ist Hamburgerin, lebt in Wien und kann Österreich mit einem einzigen Wort beschreiben: »Sodala.« Es ist ihr Lieblingswort, ihre Ohren sind süchtig danach. »Sodala« kommentiert eine österreichische Erledigung, die sich etwa von der norddeutschen dadurch unterscheidet, dass sie sich von selbst erledigt, weil dem Erlediger mitten im Erledigen die Lust vergeht oder die Luft ausgeht. Dann sagt er »Sodala«. Um »Sodala« zu begreifen, sollte man es in seine drei Teile zerlegen:

»So« hat abschließende Wirkung. Es ist die Abkürzung von Sonntag und heißt, man will in Ruhe gelassen werden.

»Da« hat wegschiebenden Charakter. Es ist die Kurzform von: »Da habt ihr, macht euch den Dreck selber«, beschreibt also den gelungenen Abnabelungsprozess von der zu erledigenden Sache.

»La« ist die nationalste der drei Silben. Es ist die Abkürzung von »Lalala«, die Kurzform von »Land der Berge« oder »lapidar« und der Ausdruck eines Gemütszustands á la »Soso lala«. Am Ende eines Wortes nimmt »la« demselben die Schärfe, spielt locker drüber, verharmlost seinen Inhalt, degradiert jede Sache zur Nebensächlichkeit. Nichts ist zu wichtig, um nicht erledigt zu sein. Weg damit. Sodala.

Winnies Weltsager

Die 12-jährige Winnie aus Scheibbs im Mostviertel hat vor einigen Tagen einen großen Satz gesagt. Die Eltern sollten ihr das Patent darauf sichern, denn es dürfte sich um die Weltpremiere dieses Ausspruchs gehandelt haben. Es besteht kein Zweifel daran, dass Winnies Wortfolge noch zigmilliarden Mal wiederholt und in alle Sprachen der Erde übersetzt werden wird. Immer wenn junge Leute mit ihren Forderungen auf erziehungsberechtigtes Unverständnis stoßen – und daran sollte sich so bald nichts ändern –, werden gute Chancen bestehen, dass Winnies Satz wieder fällt. Um Bill Gates in finanzieller Hinsicht abzulösen, müsste es Winnie gelingen, pro Ausspruch ihres geschützten Zitats zehn Cent Nenngebühr einzustreifen. Freilich handelt es sich bei ihrem Sager um einen so genannten Longseller, der erst in einigen Hundert Jahren zu einer steten rebellischen Floskel reifen wird. Noch ihre Nachkommen in der sechsten Generation könnten also von den Tantiemen leben.

Samstagabend. Winnie wollte zu einer Party. Der Vater war dagegen. Winnie: »Um zwei bin ich wieder da.« Vater: »Nein, ich hole dich um elf Uhr ab.« – Da nun wurde Winnie wütend und sprach voll Bitterkeit: »Das sind ja Methoden wie im 20. Jahrhundert!«

Wein und Worte (I)

Wein ist nicht mehr Wein, und zwar im Eiltempo. Früher war höchstens ein Roter kein Weißer, ein Liter kein Doppler und ein Alter kein Heuriger. Mittlerweile werden wir auf hohem Niveau weinakademisch abgerichtet, kennen alle wichtigen Nittnäuse jeder Region, haben Respekt vor pokalgroßen Gläsern, in denen uns sündteure Pfützen verabreicht werden. Unsere Turbozunge unterscheidet rund von eckig, pelzig von unbehaart und vollmundig von leerkehlig. Auch an das Attribut »gut trinkbar« haben wir uns gewöhnt. (»Schlecht trinkbar« wäre etwa ein Wein, bei dem der Korken noch in der Flasche steckt.) Derzeit terrorisieren uns die Fruchtzuordnungen. Kein guter Wein, der nicht gleichzeitig eine leichte Zitrus-, Marillen- und Weichselnote aufweist, der nicht am Gaumen nach Johannis- und Stachelbeere schmeckt und seinen Abgang mit Mango, Granatapfel und ostbolivianischer Zwergmaracuja feiert. Das Phänomen: Je mehr Obst vom Kenner aufgespürt wird, desto mehr spüren wir ihm nach (desto teurer darf der Wein sein). Aber irgendwann wird sich ein Weinpapst verraten. Irgendwann wird er zugeben, dass der Wein ganz leicht, ganz fein, ganz hinten am Gaumen nach Weintraube schmeckt.

Wein und Worte (II)

Wie berichtet, ist Wein nicht mehr Wein, weil die Qualität derart steil angestiegen ist, dass der Preis senkrecht hinaufklettern musste, um den Abstand zu vergrößern. (Er hat es geschafft.) Dafür sind wir Konsumenten von Tschecheranten zu Weinakademikern mutiert, haben große Ehrfurcht vor dem je nächsten Schluck und erkennen darin alle Fruchtnoten, die uns die Weinliteratur vorschreibt. Und hieße es: »Im linken hinteren Nasenflügel Anleihen an oxidierende Radkappe, am Gaumen feines Spiel aus Kautschuk«, dann würden wir auch dies geschmacklich nachempfinden und zu würdigen wissen. (Die Erklärung wäre, dass der Zweigelt mit einem Autoreifen im Holzfass ausgebaut wurde.)

Ein weiterer Trend bei der Sezierung des Weines stimmt uns allerdings skeptisch. Es ist dies die Unterscheidung zwischen »Männer«- und »Frauenwein«. Geht es nach strengen Winzern, sollten Frauen niemals St. Laurent trinken (wegen seiner brutalomaskulinen Tabaknote). Und Männer müssen sich neuerdings für Muskateller, Traminer und Riesling belächeln lassen. Das ist diskriminierend. Es erinnert an die graue Vorzeit, da er ihr unter Einfluss von »Bürgerstolz« Samos und Ribiselwein einflößte.

Sturm-Warnung!

Über dreißig Grad hört sich alles auf. Unter zehn Grad fängt erst gar nichts an. Doch für dazwischen sollte uns langsam etwas einfallen. Denn die fünf Buchstaben sind wieder ins Land gezogen. Das geschieht immer, wenn das Sonnenlicht vergilbt. Die Ventilatoren stehen dann still und lauschen. L. niest erstmals. B. schnäuzt sich endlich. H. befindet sich bereits im Krankenstand.

Der Rest redet sich noch erfolgreich ein, erholt zu sein. Aber was nützt ein Jahrtausendsommer, wenn er weg ist? Die staubigen Jacken vom Vorjahr rücken uns auf den Leib. Im Radio nimmt einer das scheußliche Wort »Schneefallgrenze« in den Mund. Das macht er absichtlich, damit sie sinkt. Bald legt er noch eines drauf und streut die »Kettenpflicht« ein. Irgendwann werden wir in der Nacht aufwachen, und es ist Tag. Das macht uns Angst. Der gewisse 24. ist heuer ein Mittwoch, tröstet der Kalender.

Draußen tut es indes so, als wäre alles beim Alten. Es finden sich noch vereinzelt wirre Wespen, denen man das erzählen kann. Aber die Warntafeln vor den Wirtshäusern sind bereits aufgestellt. – Darauf die gnadenlosen fünf Buchstaben, oft mit Kreide auf schwarzem Hintergrund, die Insignien des Herbstes. Sturm. Es gärt. Wo verstecken wir uns?

Kürbishysterie

Heute ein bisschen Trost für all jene, die das Gefühl haben, sie werden in ihrer Bedeutung für die Menschheit unterschätzt. Halten Sie durch, machen Sie weiter wie immer! Denn irgendwann kann es Ihnen ergehen wie der weltgrößten Beere.

Wir kennen den Kürbis, seit es uns gibt. Herbst 1950: Er liegt auf den Feldern. Herbst 1960: Noch immer. Herbst 1970: Gelb, aber uninteressant. Herbst 1980: Ein Blutzer neben dem anderen, aber wozu? Herbst 1990: Halloween erreicht uns und adoptiert ihn. Er wird vor allem für das geschätzt, was man ihm herausschneidet (Zähne, Augen). 2000: Halloween bricht seuchenartig aus, wie einst der Fasching. Der Kürbis wird zum Statussymbol österreichischer Allerheiligenglückseligkeit.

Herbst 2003: Kürbishysterie! Rote, gelbe, grüne, orange allerorts, in jedem Garten, auf jedem Tisch, in jeder Suppe, in jeder Auslage. Küchen werden speisekürbisgerecht umgebaut. Täglich kann man fünf Sorten mehr essen als noch am Vortag. Der Rest ersetzt gnadenlos alles, was sich wo hinlegen lässt, als wäre Design nie gewesen. Noch beglückt der Kürbis den Österreicher, bald wächst er über ihn hinaus. Am Ende kehrt er nach Amerika zurück und wird Gouverneur.

Bürger gegen Nebel

Das gibt es doch nicht, dass die Menschheit heute zwar bald mit Handys fernsehen kann, aber an der Beseitigung primitivster Inversionswetterlagen scheitert und offenbar noch gar keine ernsthaften Versuche unternommen hat, Nebelbänke zu versenken. Das kann nur im Interesse der Antidepressivaindustrie sein. Denn längst wissen nicht nur unsere Ärzte, sondern auch wir, dass das stärkste menschliche Gemüt an Serien von Tagen zerbricht, an denen Menschen mit langen Armen diese nicht ausstrecken können, ohne ihre Hände aus den Augen zu verlieren. Wenn es dazu von der Hohen Warte aus heißt, an sich wäre es draußen sonnig, es herrsche prächtiges, für diese Jahreszeit sogar viel zu warmes Bergwetter, sodass die Gämsen ins Schwitzen geraten, nur leider halte sich über den Niederungen, wo die Menschen leben, »teils beständiger«, nämlich der ewige Allerseelen-Nebel, dann stellt sich schon einmal die Frage: Warum löst den Dreck keiner auf? Kennen wir die chemischen Eigenschaften von Dunst nicht? Steinwände können wir durchbohren, sollen wir an Wasserwänden scheitern? Wo ist die Verantwortung des Gesundheitsministeriums? Sollen wir uns im steten Nieseln zugrunde mieseln?

Zehenverkehr

Die Musik von Hitradio Ö3 kann man nur bei Stromausfall ertragen. Restaurants, in denen sie gespielt wird, sollten freiwillig in Konkurs gehen. Oder wir werden einmal einen Musterprozess wegen Erregung öffentlichen Ärgernisses, Störung der Abendruhe oder »Quälen eines Konsumenten während der Mahlzeit« anstreben.

Wie angenehm heben sich da die Verkehrsnachrichten ab! Wie überhaupt diese Botschaft von der Straße uns weit unter ihrem literarischen Wert verkauft wird. Ohne sie wäre weder »Dichternebel« noch gäbe es »Zehenverkehr«.

Dichternebel auf der A1. Das bedeutet: Poesie über der Autobahn. Leichte Gedanken fließen, schwere wälzen sich mehrspurig (zum Beispiel) nach Amstetten. Hie ein Stau an der Stelle des Baues, da ein Schaden am Bleche, dort ein Fernlichtlein am Horizont. Der Nebel löst sich auf, der Dichter hat die Autobahn verlassen. Da wird uns mitgeteilt: Ein Ö-Driver meldet Zehenverkehr auf allen Zufahrtsstrecken. Das bedeutet wohl: Herkömmliche Liebkosung am Rücksitz ist nicht mehr gefragt. Autofahrer schwören auf Zehenverkehr. Endlich Bewegung in den Socken. Gut für die Durchblutung. Ideal für den Singlehaushalt. – Respekt vor der Verkehrsleitzentrale!

Ehrlich lügen (I)

Der Charme der österreichischen Sprache liegt unter anderem in ihrer entwaffnenden Offenheit. Eine besondere Spezialität sind Satzeinleitungen, die genau das Gegenteil von dem behaupten, was sie bedeuten, ohne dabei auch nur ansatzweise ironisch zu sein. Das ehrlichste österreichische Eigenlob beginnt mit den Worten: »Ohne mich selber loben zu wollen …« Will man jemanden beleidigen, so sage man: »Ich will dich jetzt wirklich nicht beleidigen …« Hat man etwas gegen jemanden, so verwende man: »Du weißt, ich hab nichts gegen dich …« Will man einfach nur etwas sagen, so wähle man: »Ich will ja nichts sagen …« Bekennt man sich dazu, etwas sagen zu wollen, wonach man freilich niemals gefragt werden würde, so entscheide man sich für: »Wenn du *mich* fragst …« Muss man davon ausgehen, dass keine Meinung weniger gehört werden will als die eigene, so wage man: »Wenn ihr meine Meinung dazu hören wollt …«

Hat man das Gefühl, die Einleitung einer Rede gut hinter sich gebracht zu haben, und freut man sich schon auf den Hauptteil derselben, so leite man diesen mit den Worten ein: »Und damit komme ich langsam zum Ende meiner Ausführungen.«

Ehrlich lügen (II)

Unlängst haben wir hier beliebte österreichische Einleitungen gesammelt, die verraten, dass genau das Gegenteil von dem der Fall ist, was sie behaupten. Ohne uns selbst loben zu wollen – das haben wir gar nicht so schlecht gemacht. Trotzdem ist es einigen Lesern gelungen, mit weiteren unverzichtbaren Sprüchen Teil zwei von »Ehrlich lügen« herauszuschinden.

Sätze, die mit »Ohne« beginnen, stehen prinzipiell mit einem Bein in der Unwahrheit. Unverschämte Distanzlosigkeiten begeht man am besten mit den einleitenden Worten: »Ohne Ihnen nahetreten zu wollen ...« Will man unverschämt sein, nehme man: »Ohne unverschämt sein zu wollen ...« Das Gleiche funktioniert mit »aufdringlich« und »lästig«.

Sucht man Streit, hat man mit »Ich will jetzt nicht streiten ...« sein Ziel schon fast erreicht. Um gewichtigen Worten einen Dauerspeicherplatz im Gehirn des Adressaten zu sichern, verwende man: »Vergiss es einfach!«

Kollege L. erinnert uns an das wahrscheinlich schönste österreichische Geständnis, an dem man gut erkennt, wie viel Zwang sich einer antut, um den anderen mit einer Lüge zu verschonen. Es lautet: »Ich muss dir ehrlich sagen ...«

Stille Nacht (Probe)

Und wie werden Sie's diesmal anlegen? Sind Sie bei Ihnen daheim der Einstimmer? Dann wählen Sie unbedingt einen Ton in der Mittellage, es geht dann mächtig hinauf und hinunter. Einer der schwersten Fehler ist es, zu lange am Eröffnungs-»i« zu verweilen. Das führt zu einem Schtiii-iiilllle, bei dem Ihnen das »L« außer Kontrolle gerät. Wir empfehlen: Schtiii-hiele (Nacht). Mit »H« und langem »I« fangen Sie sehr schön das »L« ab.

Es folgt eine flüssige Passage mit sanften Höhen: heilige Nacht, alles schläft, einsam wacht ... Kritisch wird es erst wieder beim ersten »I« von Schlaf in hiiimmlischer. Da haben Sie den höchsten Punkt erreicht. Krächzen an dieser Stelle kann ein Fest versauen. Bitte streichen Sie Karel Gott aus Ihrem Gedächtnis und Johannes Heesters aus Ihrer Nase! Nun folgt die schönste Stelle: Der Terz-Schlenzer des »U« bei Ruuu-uuuh. Verwenden Sie ruhig beide Hände, räumen Sie aber nicht den Christbaum ab. Der schwerste Ton ist der allerletzte. Da rächt es sich, wenn man zu tief begonnen hat. Messen Sie sich nicht mit Lee Marvin, sondern raunen Sie einfach sanft: Ruuuh. Für die zweite Strophe legen Sie am besten Bing Crosby auf, der hat's ganz gut getroffen.

Die Götter auf Weiß

Österreichs Skilehrer sind schneidige Kerle. Sollte ihr Mythos in der folgenden Betrachtung überzogen sein, so handelt es sich um reine Eifersucht des Autors.

An dieses Thema muss man vorurteilsfrei herangehen. Ich selbst bin völlig objektiv. Ich hatte nie einen Skilehrer. Ich brauchte keinen. Ich war a) keine Urlauberin. Ich fand b) mittel- bis bergstationäres Tirolerisch widerstehlich. Auf Anhieb per du war ich c) mit mir selbst. Und in der Nacht schlief ich d) allein. Meistens. Jedenfalls hatte ich nie das Bedürfnis, neben einem Skilehrer zu erwachen und mir e) seine Zahnbürste auszuleihen.

Also gut: Ich war rasend eifersüchtig auf solche Typen. Heute denke ich: »Sportfuzzi«. Sie denken sich: »Scheibenheini«. Wir sind miteinander im Reinen. Aber damals schleppten sie (uns) alle Mädels ab, zuerst die Schwedinnen, dann die Däninnen, dann die Holländerinnen, dann die Deutschen und zuletzt auch noch die Österreicherinnen.

Für alle jüngeren Leser, die mit dem Skateboard zur Welt gekommen und mit dem Snowboard groß geworden sind: Ihr müsst euch Skilehrer ganz anders vorstellen als eure Schnee-Agassis und Brettl-Pitts. Die sind harmlos süß. Wenn man ihnen die Sonnenbrillen wegnimmt und sie von ihren dreizehn Markenprodukten trennt, dann sind das brave weiche Jungs wie du und ich (es war). Skilehrer lebten in einer anderen Zeit. »Cool« war noch nicht erfunden, man lutschte stattdessen Firnbonbons von Engelhofer. Damals gab es zum Hineinfegen insgesamt drei Paar Skier: Atomic rot-blau, Atomic blau-rot und Blizzard-Firebird (rot-blau-rot). Was staunten wir über die Erfindung eines grasgrünen Plastikskischuhs namens Dachstein Concord! Goretex war unbekannt (wir hatten Texhages für langbeinige Baumwollunterhosen und hellblaue wasseranziehende Pistendölli-Stepp-Anoraks).

Zur »Skiausrüstung« gehörten ferner ekelige, wuzzelige, schmuddelige schwarzgraue Secondhand- bzw. Third-Leg-Leih-Skihosen. Sie durften nie gewaschen werden, sonst schrumpften sie auf die Hälfte ihrer selbst. Nur die Privilegierten trugen luftmatratzenfarbene enge Gummihäute namens »Jet-Hose«, die im Schritt alsbald münzgroße Jet-Lecks aufwiesen, welche sie umso interessanter machten. Die Jet-Hose war Voraussetzung für das Anbringen so genannter »Jet-Schwünge«, mit denen die Pistenverhältnisse rasch geklärt waren. Wer sie beherrschte, dem flogen die Touristinnenherzen zu.

Wir sind schon tief ins Reich der Skilehrer vorgedrungen: Die hatten alles, was man brauchte, um das wenige, was man konnte, voll zur Geltung zu bringen: Ski fahren und einheimisch sein. Beim Ersten versuchten wir mitzuhalten, das Zweite schafften wir nie.

Bei der Arbeit des Skilehrers gab es zwei Betätigungsfelder, ein flaches und ein steiles. Auf dem flachen waren Babylifte in Betrieb. Dort ersetzten die feschen, gut gebauten rotbackigen Kerle, die oft »I-bin-da-Toni« hießen und verwegen gemusterte Wollmützen trugen, den Kindern die Papis. Die Bergfexen waren mit den Kleinen sofort ein Herz und ein Stemmpflug. Die enthusiastischen jungen Touri-Muttis fotografierten sie aus immer kürzerer Entfernung. Die Väter waren entweder auf der Herrenpiste (Rabenväter) oder unsportlich (Weicheiväter). Am Abend waren sie entweder vom Skifahren müde oder grundlos wie immer müde. Jedenfalls hatten sie nichts dagegen, mit einem schlafenden Kind und drei Bier auf dem Zimmer zu bleiben, sodass die Muttis an musikalischen Hüttenabenden teilnehmen konnten. Dort befanden sich, so wollte es der Zufall, sämtliche »I-bin-da-Tonis« vom Tagesgeschäft, die nebenberuflich allesamt mit der Ziehharmonika aufgewachsen waren, was sie nun beweisen konnten.

Auf dem steilen Betätigungsfeld, dem »schweren Hang«, konnte der Skilehrer gleich zur Sache kommen. Den Mädels zeigte er den Jet-Schwung, um mental alles klar zu machen. Danach nahm er sie einzeln an den Schultern, legte seine Knie in ihre Kehlen (Kniekehlen) und übte hautnah Grundschwung und Parallelschwung. Verunsicherte Skischul-Männer wurden mit knappen Kommentaren wie: »Bergschulter obi!« oder »Net so vül drah'n!« auf Distanz gehalten. Aufmüpfige Lebensgefährten oder neunmalkluge städtische Skiweltmeister wurden für Talentproben auf nicht präparierte Tiefschneehänge verbannt. Dort verschwanden sie für immer.

Die Wegstrecken von einer hilfebedürftigen Skischülerin zur nächsten nützten die Götter auf Weiß für die Einführung in die Kunst des Wedelns. Dabei setzten sie bis zu zehn Schwünge pro Quadratmeter in den Schnee.

Wichtig war es ihnen, den Frauen zu zeigen, dass die Bewegungen nicht mit dem Oberkörper, sondern »von unten heraus« gemacht werden mussten. Das konnte kaum missverstanden werden. Sicherheitshalber fügten sie manchmal hinzu: »Am End' vom Kurs werd's des alle können!«

Wie gesagt, ich hatte nie einen Skilehrer. Ich fand es immer schon unerträglich, wenn mir jemand etwas Sportliches beibringen wollte. Beim Skifahren erreichte ich mit meinem Lernverweigerungsprogramm einen recht passablen Status. Schussfahren war überhaupt kein Problem, erst beim Abschwingen vor dem Schlepplift zerbröselte es mich. (Oft schwang sich dann ein Skilehrer herbei und half mir auf die Beine; das war demütigend.)

Auf Schulskikursen reichte es bei mir immerhin für die Gruppen zwei oder drei von fünf. Und hier sind wir nun bei einer besonderen Spezies von Skilehrern angelangt, bei den Schuskikuskis (den Schulskikursskilehrern). Wir hatten sie als das krasse Gegenteil von Skilehrern kennen gelernt: Sie waren und blieben unsere Lehrer auf Skiern. Das führte zwangsläufig zu Pädagogik auf der Piste, zu Dingen wie Manieren, Anstand, Ordnung, Reih und Glied, zu Respekt vor dem Rechtskommenden, Unterdrückung des Wagemuts (und dies bei null Komma null Promille), kurzum zu allem, was auf Schneehängen latent verboten war. Schuskikuskis hatten uns ferner eine Botschaft zu übermitteln, die besagte: Wenn man weiß, wie etwas geht, dann kann man es theoretisch auch in die Praxis umsetzen.

Unser diesbezüglicher Held hieß Professor Clemens

R. (Englisch, Geschichte). Er war normalerweise Kärntner in Wien. Diesmal aber: Schuskikuski in Obertauern – und als solcher mit (soeben erfundenen) selbstspiegelnden Sonnenbrillen alpin ausgestattet. Nun, er wollte uns vor einer deutschen Mädchengruppe zeigen, wie der Jet-Schwung praktisch funktionieren müsste, wenn man ihn theoretisch durchschaut hatte. Theorie und Praxis klafften in Form einer vollendeten Rückenlage mit staubigem Abgang, versenkter Brille und gebrochenem Skistock auseinander. Der die Mädchengruppe leitende einheimische Skilehrer, ein klassischer »I-bin-da-Toni«-Typ, rief freundlich zu ihm hinab: »Jo sakra, wos zeigst denn du uns do fira Kunststückeln?« Darauf konterte der Professor aus der Tiefe des Schneelochs: »Per du samma mir zwa nocha no long nit!« – Dem hatte er es schön hineingesagt! Wir waren mächtig stolz auf ihn.

Vorarlberg gebärt

Schade, dass wir im Osten so wenig Kontakt zu Vorarlberg haben, ja dass der »Gütrrverrkährr« aus dem Munde des Ministers Gorbach das Vorarlbergerischste ist, was uns in Wien derzeit zu Ohren kommt.

Dabei spielt sich hinter dem Arlberg zwischenmenschlich Umwälzendes ab: »Jede 4. Vorarlbergerin ungewollt schwanger!«, titelte jüngst die »Neue Vorarlberger Tageszeitung«. Bitte, das ist kein Kavaliersdelikt. Das sind sage, schreibe und gebäre 45.000 Vorarlbergerinnen, die da plötzlich schwanger sind, noch dazu ungewollt. Man kann nur hoffen, dass sich die Schwangerschaften statistisch schön auf die neun Monate verteilen, sonst werden demnächst 20.000 Hebammen je beide Hände voll zu tun haben, um Vorarlbergs Spitäler zu entlasten.

Aber es kommt noch dicker. Im Blattinneren relativiert die Zeitung: »Schwangerschaft: Nur jede zweite ist gewollt!« Fassen wir zusammen: Vorarlberg hat etwa 180.000 Frauen. Jede vierte ist derzeit ungewollt schwanger, das sind 45.000. Da aber jede zweite Schwangerschaft gewollt ist, kommen zu den ungewollten weitere 45.000 gewollt Schwangere dazu. Kurzum: Halb Vorarlberg ist schwanger. Oder, im Sinne Gorbachs: Gutrr Verrkährr!

Die Vögel brüllen

Dringend gesucht wird ein Experte aus dem Fachgebiet der Vogelgesangskunde, der uns folgende im Kollegen- und Bekanntenkreis bereits vielfach abgesegnete These bestätigt und wissenschaftlich untermauert: Die Vögel sind dramatisch lauter geworden. Sie zwitschern nicht mehr, sie schreien. Sage bitte keiner, das bilden wir uns nur ein. Ein nachtblindes Auge kann sich verschauen, aber ein aus dem gesunden Morgendämmerungsschlaf gerissenes Ohr ist unbestechlich.

Aufruf an alle emsigen Amseln, frechen Finken, dreisten Drosseln und sturen Stare: Beklagt den frühheißen Sommer, tut euren Weltschmerz über Globalisierung und Artenschutzdefizite kund, brüllt euch den Klimaschock aus der Seele, plärrt euch den Frust über den Konkurrenzdruck der Handysoundmaschinerie aus der Kehle, seid notgeil, begehret, betöret und vermehret euch, ganselt euch akustisch so richtig auf. Aber haltet dabei gefälligst unsere Bürozeiten ein. Und wenn uns Agathe Zupan, Christl Reiss und Hubert Arnim-Ellissen um sieben Uhr morgens das Neueste aus der Welt erzählen, dann habt ihr vor unseren Schlafzimmerfenstern Sendepause. Sonst fangen wir uns den von euch heraus, der da immer als Erster das Maul aufreißt.

Schenkschikanen (I)

Feiern Ihre Freunde auch immer öfter runde Geburtstage? – Gut, den Dreißigern ist bis auf weiteres ohnehin nicht zu helfen. Und ab fünfzig haben sie zumeist schon das Bedürfnis, jene zu ehren, die ihnen dieses stolze Alter ermöglicht oder zumindest nicht verbaut haben.

Unsere Freunde werden derzeit gerne vierzig. Das ist leider ein Alter, für das sie noch ausgiebig belohnt werden wollen. Aber was schenkt man ihnen? – Mit vierzig haben sie entweder alles oder noch immer nichts oder nichts mehr. In jedem dieser Fälle ist etwa eine schöne Pfeffermühle irgendwie nicht ideal. Geldgeschenke – die einzigen wirklich fantasievollen Gaben, denn zu Geld fällt jedem Beschenkten etwas ein – sind verpönt. Die besten Bücher besitzen sie bereits, schlechte können sie jederzeit selber schreiben.

Das Böse am Kausalen: Je mehr sie von uns erwarten, desto weniger wünschen sie sich. Sie sagen dann: »Aber bitte nur eine Kleinigkeit.« Oder: »Irgendwas Originelles, aber nichts Besonderes.« Oder, eine der übelsten Forderungen: »Nichts Teures, lieber nur etwas Symbolisches.« – Und wer bezahlt uns die Arbeitszeit, in der wir uns über passende und dennoch nicht beleidigende Symbole für Vierzigjährige das Gehirn zermartern?

Schenkschikanen (II)

Da die Zeit immer schneller vergeht, feiern unsere Freunde immer öfter runde Geburtstage. In Phasen der kreativen Rezession kommt dabei auf hundert Beschenkte eine Idee. (Auf tausend – eine gute Idee.) Martina kriegt heute ein Geschenk, dessen ideeller Wert die üblichen Dimensionen sprengt. Denn die Bundestheater wehrten sich mit allen Mitteln dagegen. Wissen Sie's schon? Richtig: ein Abonnement der Bundestheater. Martinas Freundinnen entschieden sich für den »Zyklus Stadtneurotiker«. In der zuständigen Abteilung ersuchten sie um einen Geschenkgutschein. – Gibt es nicht. Dann wenigstens einen Gutschein für die erste Aufführung. – Gibt es nicht. Jedenfalls Kategorie I. – »Kann ich Ihnen nicht versprechen.« Und die Karten bitte gleich. – Geht nicht. (Die Termine stehen noch nicht fest.) Aber sofort, wenn sie feststehen. – »Das ist immer knapp vorher.« (So richtig fest stehen sie erst bei der Aufführung.) Die Freundinnen wollten bar zahlen. – Geht nicht. Mit Kreditkarte auf Martinas Namen? – Geht nicht. »Nur mit Erlagschein«, jeweils Ende des Monats, an die Adresse der Abonnentin …

Was auch immer Martina heute in Händen hält: Das stadtneurotische Glanzstück ist schon gelaufen.

Wassernepp (I)

Österreichs Gastronomie kennt zwei Arten von Wasser (Sodawasser und Mineralwasser) und eine vulgäre Abart: Leitungswasser. Während sich Soda und Mineral preislich gut entwickeln, und zwar in Richtung »ein Schluck – ein Euro«, macht das Leitungswasser immer mehr Mucken. Denn die so genannten Pipen, aus denen ungehemmt Wasser fließt, sind insofern fehlkonstruiert, als sich an ihnen nur schwerlich Münzautomaten anbringen lassen. So müssen die Wirte das Wasser weit unter der Schmerzgrenze seines materiellen Wertes hergeben, nämlich gratis. Das schaffen sie nicht immer.

Bei der »Wirtin im G.« in der Nähe von St. Andrä-Wördern wunderte sich Familie Z. über eine Rechnung von drei Euro für einen mit Leitungswasser verdünnten Hollersaft. »1,50 der Hollersaft, 1,50 des Wasser«, meinte die Kellnerin: »Des Glasl muss ja auch gewaschen werden, net wahr.« Gast: »Ja, aber Saft und Wasser waren im selben Glas.« Kellnerin: »Geh, kommen S', des is eh alles net kostendeckend. Bald trinken die Gäst' nur mehr a Wasser.« Mithilfe der Gendarmerie konnte der Preis zwar auf zwei Euro gesenkt werden. »Aber fürs Klo fang' ma jetzt auch an, was zu verlangen«, versprach die Wirtin.

Wassernepp (II)

Wie berichtet, leidet die heimische Gastronomie unter der immer größer werdenden Gruppe trinkkulturloser Gäste, die als Begleitung zu Menü und Wein um ordinäres Leitungswasser betteln.

Von einem Gastgarten an einem berühmten Kärntner See meldet sich Urlauber Konrad L. mit einer liebenswerten Episode. Gast: »Gehen S', bittschön, ein Glasl ganz normales Wasser.« Junge Saisonkellnerin: »Ma, sorry, a Wossa diaf ma nit ausschenk'n, hot die Chefin g'sogt. Gangat a Sodawossa a?« Konrad L. verneint und geht in sich, um nicht außer sich zu geraten.

Nach etwa drei Minuten erscheint die Kellnerin, stellt ein leeres Halbliterglas auf den Tisch, beugt sich verschwörerisch darüber und flüstert dem Gast ins Ohr: »Do können Sie sich sölba a Wossa einifüll'n.« Sie deutet auf die begrünte Böschung neben dem Tisch. »Do unt'n liegt a Goatnschlauch, den drah i Ihnan auf. Oba ma, Sie diaf'n mi nit varot'n!«

Wassernepp (III)

Immer mehr Gastwirte werden durch die krankhafte Leitungswassersucht ihrer Gäste an den Rand des Ruins gedrängt. So bleibt ihnen nichts anderes übrig, als für Wasser Geld zu verlangen. Das dürfen sie. Allerdings muss »Wasser« auf der Getränkekarte stehen und mit einem Preis versehen sein. Wir sind schon gespannt, wie man es uns verkaufen wird. Hier ein paar Modelle.

Uriges Beisel: Wasser prickelnd – €1,20; Wasser still – €1,20; Wasser kusch – €1,-.

Ausflugslokal: Markus-, Peters-, Römerquelle (0,2 l) – €1,30; Wildalpener Hochquelle (0,2 l) – €1,40; Pannonische Tiefquelle (0,2 l) – €1,30; Marchfelder Grundwasser (0,2 l) – €1,20.

Landgasthaus: Waldviertler Karpfen – €8,50. Dazu empfehlen wir ein Glas von unserem köstlichen naturtrüben Waldviertler Karpfenteichwasser – €1,30.

Internationale Spezialitäten. Getränke: Indischer Ozean (0,2 l) – €1,50. Ärmelkanal (0,2 l) – €1,30. Speisen: Totes Meer (0,2 kg) – €2,-.

De Luxe: »Unser Wasser wird von hochqualifiziertem Personal aus einem vergoldeten Wasserhahn unter 100-prozentig rostfreien Armaturen stündlich frisch von der Leitung unserer sauberen sanitären Anlagen gezapft: €2,90.«

Wassernepp (Ende)

Sommer 2000: Österreichs Leitungswasser rinnt sinnlos gratis vor sich hin. Tüchtige Wirte können nicht mehr zusehen – und verkaufen es ihren Gästen.

Sommer 2005: Wasser darf auf keiner stattlichen Getränkekarte mehr fehlen. Nur noch Öko-Nebochanten schenken es unentgeltlich aus.

Sommer 2010: »Geschätzte Gäste, Ihr ›Wirt zur schönen Aussicht‹ möchte Sie auf eine Novität aufmerksam machen. Die hohen Steuern und Personalkosten zwingen uns, ein Produkt zum Verkauf freizugeben, das bisher gratis konsumiert werden konnte. Aber wir Österreicher müssen lernen, mit den Kostbarkeiten unserer Natur sparsamer umzugehen. Wie Sie wissen, befinden wir uns in 700 Metern Seehöhe. Unsere Galeräume öffnen ihre Fenster zu ausgedehnten Nadelwäldern. Sie, werte Gäste, sind bei uns wie auf Kur. Ihre Lungen werden von uns verwöhnt. Die Betriebskosten dafür mussten wir bisher alleine tragen. Das können wir uns nicht länger leisten. Ab heute nehmen wir ›Luft‹ auf unsere Speisekarte. Im Südtrakt werden wir 70 Cent pro Stunde verlangen, im Westraum, an der Schotterstraße, lediglich 30 Cent. Und schon ein kleiner Vorgeschmack auf den Winter: Da bieten wir Ihnen ›heiße Luft‹ an.«

Wer baden will, muss fühlen

Der Sommer ist so kurz, dass wir durchaus bereit sind, ihn sinnlos zu nützen. Zum Beispiel fahren wir Europäer gern in den so genannten Badeurlaub. Das rührt von der Kindheit, wo Baden das Schönste war, was sich die Eltern vorstellen konnten, dass sich ihre Kinder vorstellen konnten. Und jetzt, im Erwachsenenalter, können wir es uns nicht mehr anders vorstellen.

Vor unser aller Zeit gab es ja die ewigen Meere. Die sind dann erfreulicherweise zurückgegangen, sodass man dazwischen auch ohne Schwimmhäute mehr oder weniger bequem leben konnte. Ich glaube, es war nicht so gedacht, dass wir uns in der Freizeit erst recht wieder alle rund um die Restgewässer versammeln, um uns mehrmals täglich knapp vor dem persönlichen Austrocknen zu retten. Natürlich – das Ende eines Schmerzes wird als angenehm empfunden. Aber man muss das in eine zeitliche Relation setzen: Wie viele Stunden rösten wir, um uns ein paar Minuten lang zu erfrischen?

Ich selbst bin zwischen Laaerbergbad und Amalienbad im Süden Wiens aufgewachsen. Um gesellschaftlich bestehen zu können, musste ich beide Stätten der künstlich angelegten Flüssigkeit regelmäßig aufsuchen, die eine im Sommer, die andere im Winter. Das Amalienbad war ein in Architektur gezwängter Chlorwürfel, der in Favoritner Fußpilzwasser eingelegt war. Als Anhänger der Nichtschwimmer-Halt-Bewegung verbrachte ich dort als Knirps nicht gerade die schönsten Stunden meines Lebens. Denn abseits des Babyplantschbeckens, also in den etwas blaueren, tieferen Gefäßen, fehlten mir jene Zentimeter zur Berührung des Bodens, die ich oben konsumierte. Kurzum: Ich war ein klassischer Wasserspiegeltrinker. Mein großer Bruder passte zwar auf mich auf, aber was sollte er denn tun, wenn mein Kopf ständig spurlos von der Oberfläche verschwand? – Über den Geschmack von Chlor musste man mir im Chemieunterricht jedenfalls nichts mehr erzählen.

Das sommerliche Laaerbergbad war Wien-Favoriten in Badehosen, in denen Plastikkämme steckten, also die Steigerung eines Kulturschocks. Zu den Höhepunkten zählte der Aufenthalt auf so genannten Holzpritschen, wo man sich pro Regung jeweils einen Schweißausbruch holte und einen Schiefer einzog. Ferner lustvoll war es, barfuß in den Liegewiesen Bienen und Wespen zu kitzeln, bis sich diese rächten, oder auf dem Plastikboden der Eisdiele zu stehen und sich die abgestürzten Schoko-Erdbeer-Kugeln der Vorgänger zwischen den Zehen zergehen zu lassen. Auch in gefallenen Pommes-mit-Ketchup latschte es sich gut. Hin und wieder erwischte man einen bereits entspannten Bazooka-Kaugummi. Am Fußballen hielt der sich bei guter Wartung oft mehrere Tage. Und wenn einem gar nichts mehr einfiel, ging man eben ins Wasser, wo die anderen 1.300 Badegäste bereits nicht auf einen warteten.

So gesehen war der Urlaub an Kärntner Badeseen wirklich jene daheim schon Monate vorher angekündigte Erholung – Erholung vom Baden in Wien. Damals fehlte mir freilich jene kritische Distanz, die mich heute anmerken lässt: Spannend war es nicht. Hauptsächlich lag man auf der Wiese und las »Bessy« oder »Fix und Foxi«, bis sich die Haut schälte. Vorher wurde sie natürlich rot. Danach, als es zu spät war, musste man sich fettschichtig einschmieren (lassen), bis einem vor dem eigenen Körper grauste. Wenn gegen die Gluthitze nichts mehr half, ging man ins Wasser, um die Badehose nass zu machen, damit man sie nachher gegen eine trockene wechseln durfte, natürlich so, dass einem keiner etwas wegschauen konnte. Bei dieser Prozedur kam man gehörig ins Schwitzen – und musste bald wieder das Wasser aufsuchen. So verging der Urlaub.

Mit dem Älterwerden, dem beginnenden Wohlstand und dem Anschluss »Tschesolos« an das Wiener Gänsehäufel kamen zwei unverzichtbare Essenzen zum sinnlichen Sonnenbaden des ausklingenden Jahrtausends dazu: Sand und Salz. Das eine kratzte, das andere juckte, beides vertrug sich ideal mit Delial. Was brauchte man mehr als 35 Grad Celsius, einen kleinen Mittagsfetzen (ein paar Krügerl im Schatten oder ein paar Gläser Retsina, Cuba Libre, Sangria, Ouzo, Raki, je nachdem, wo man gelandet war) und eine Strohmatte am Strand? Als man in der Abenddämmerung, zur feuerroten Salzsäure erstarrt, aus dem Koma erwachte, weil einen das Knirschen der eigenen Zähne aufgeweckt hatte und einem der Sand zudem auch aus den Ohren staubte, wusste man zwar leider nicht genau, wo man gerade verdurstete, da einem die Sonne das Gehirn weich gekocht hatte – aber idyllisch war es irgendwie trotzdem, und am Strand waren fast keine Menschen mehr. Außerdem herrschte garantiert bereits die Flut, und man konnte gleichzeitig baden und weiter liegend dahinsiechen und dem Sonnenuntergang entgegenfiebern. Ganz egal: Am Ende des Urlaubs sah man immer gut erholt aus, weil sich die dritte Schicht Haut erbarmt hatte, jene natürliche Bräune anzunehmen und auszusenden, deretwegen man sich die maritimen Passionsspiele überhaupt angetan hatte, da die »gute Farbe« jahrzehntelang das Maß aller Sommerfrische war. Somit war das Saisonziel erreicht und man konnte endlich heimfliegen.

Heute, wo Europa immer teurer wird und sich kaum einer mehr leisten kann, keine Fernreise in die Karibik anzutreten, sind Badeurlaube leider in eine letzte Sinnkrise, das heißt: in die Krise ihrer letzten Sinnhaftigkeit geschlittert. – Die gute alte Farbe zählt plötzlich nicht mehr. Das Solarium schafft sie erstens viel goldgelber und zweitens in einer halben Stunde und nicht in zwei Wochen. Drittens: Die weisen Weißen bleiben bleich. Denn es geht das böse Gerücht um, dass Sonnenbrände der Haut nicht besonders gut tun. Das Argument, dass sich diese ohnehin schält und dann praktisch weg ist, scheint vorerst nicht zu greifen.

Fazit: Baden ist sinnlos und tut weh. Danke fürs Dabeibleiben. Und jetzt ab ins Waldviertel.

Schulanfang

Dieser Tage beginnt für acht Millionen Österreicher die Schule. Okay, Säuglinge müsste man vielleicht abziehen, aber auch die spüren das wahrscheinlich schon irgendwo. Schulanfang ist nämlich keine partielle Not für Pflichtige, sondern ein allumfassendes Syndrom einer überfallsartig ausbrechenden Gemütserkrankung. Es sagt uns: Die Zeit, in der wir verabsäumt haben, es uns gut gehen zu lassen, ist vorbei. Jetzt folgt die Zeit, die nicht verabsäumt, es uns schlecht gehen zu lassen. Sie feiert mit Weihnachten ihren ersten Höhepunkt. Und genau in diese Richtung bewegen wir uns: ab jetzt.

Riechen Sie doch bitte diese Luft, die schockgefrorene Schwüle aus schon vergessenen Badetagen: Das ist Schule. Die Vögel beginnen zu krächzen. Früchte werden blau vor Kälte (Zwetschken). Unter den Bäumen platzen die Morgensterne und braune Kastanien kriechen heraus. Bald heißt es: Laub einsammeln und ins Naturgeschichteheft kleben: Schule.

Den Regen schicken sie uns, damit wir nicht auf die Idee kommen, unser Glück im Freien zu suchen. Das nächste halbe Jahr verbringen wir in geheizten Räumen mit künstlichem Licht. Und weder Schwätzen noch Schummeln ist erlaubt.

Arme Prominenz

Es hat schon auch Vorteile, nicht berühmt zu sein. Erstens lächelt einem das eigene Gesicht nicht wöchentlich aus Magazinen entgegen, in denen Entgegenlächler serienmäßig mit debilen Texten bestraft werden. Zweitens besitzt man überschaubar wenig Geld und verfügt über einen vernünftig kleinen Kreditrahmen, der schon gesprengt ist, wenn man nur einmal schief an ein Auto denkt.

Drittens – und jetzt sind wir bei Barry Manilow (»Mandy«, »I Write the Songs«, »Copacabana«). Der Mann hat es geschafft, glaubte man. Irrtum: Er musste dafür berühmt werden, dass er im Alter von 56 Jahren den Überblick über seine Villen verlor. Er wähnte sich nächtens in seinem Haus in Malibu (wo es rechts ins Schlafzimmer gegangen wäre), als er nach dem Einschwenken in seiner Villa in Palm Springs von einer Steinwand begrüßt wurde: Manilow blieb mit einem Nasenbeinbruch liegen. – Die weltweite Schlagzeile nimmt ihm keiner mehr.

PS: Mein Nachbar ist unlängst brutal gegen eine Litfaßsäule gerannt. Vermutlich war er im falschen Wirtshaus. Niemand weiß von dem Vorfall außer mir (und ausnahmsweise Ihnen). Das ist Lebensqualität.

Ungleiche Socken

Die Dinge, die uns nachhaltig belasten, sind oft jene Dinge, die uns scheinbar zu wenig stören, als dass wir etwas gegen sie unternähmen. Lieber lassen wir uns von ihnen quälen. Zum Beispiel von den Socken.

Jede Socke hat eine zweite, die zu ihr gehört. Wie sich Herrl und Hund immer ähnlicher werden, so auch Socke und Socke. Die Nähe wächst mit der Zahl der Waschgänge. Schleudern schweißt sie zusammen. Doch: Socken werden als Singles zum Trocknen aufgehängt. Danach liegen sie auf einem Haufen, und irgendwann werden sie paarweise zwangsvereinigt. Achten wir darauf, dass es die von der Natur füreinander bestimmten Paare sind? Natürlich nicht! Und was geschieht? – Links schlüpfen wir in einen grauen, kurzen, rauen Socken, rechts in einen schwarzen, langen, weichen. So folgen wir auf Schritt und Tritt unserem eigenen Unbehagen. Wie aber wollen wir unsere Gefühle im Kopf kontrollieren, wenn sie bis in die Zehen widersprüchlich sind? Wie wollen wir mit beiden Beinen fest im Leben stehen, wenn unsere Füße mit ungleichen Socken in den Schuhen stecken?

Zeit auf der Strecke

Heide K. geht bald in Pension. Betonung auf: geht. Mit der Bahn in Pension zu fahren, erschiene ihr zu riskant. Wegen der Verspätung, mit der sie rechnen müsste. Mit der sie ab 1978 täglich rechnete. Die auch verlässlich eintraf und die sie uns jetzt vorrechnet. Uns und den ÖBB, mit denen sie abrechnet.

Heide K. blickt zurück auf 23 Jahre Purkersdorf–Wien und retour. Zieht sie Wochenenden und Urlaub von der Bahn ab, kommt sie auf etwa 200 Tage jährlich. Das macht 4.600 Tage ÖBB hin und zurück. Damit wäre das Krisenpotenzial eines Österreichers für die Dauer seines Lebens bereits erschöpft. (Zum Glück ist K. gebürtige Deutsche und mental überaus stark.)

Sie geht in ihren Berechnungen von einer schmeichelhaften Untergrenze einer Durchschnittsverspätung von fünf Minuten pro Fahrt aus. Das ergibt 766,6 verlorene Stunden. Multipliziert sie diese mit einem Handwerker-Stundenlohn von 50 Euro, so kommt sie auf 38.330 Euro. So. Und diese Summe hätte sie gern von der Bahn zurück.

Vorsicht: Gerüchteweise soll Ad Fagan bereits an dem Fall interessiert sein.

Dienstantritt

Frau Magister L. (40) hat sich bei einem Bundesministerium beworben und bekam positive Rückmeldung. Sie ist überwältigt vom familiären Klima. Aus dem Brief strahlt ihr subtropische Herzenswärme entgegen:

Bezugnehmend auf Ihre Bewerbung vom (…) wird Ihnen mitgeteilt, dass beabsichtigt ist, Sie befristet für die Dauer des Ausschreibungsverfahrens als Vertragsbedienstete (…) aufzunehmen. In diesem Zusammenhang werden Sie eingeladen, sich am (…) beim Leiter der ho. Abteilung III B-2 Herrn Ministerialrat Dr. (…) zum Dienstantritt zu melden. Sie werden ersucht, anlässlich Ihres Dienstantritts einen eigenhändig geschriebenen Lebenslauf, Ihren Staatsbürgerschaftsnachweis, Ihre Geburtsurkunde (…) und Ihren Lohnzettel vorzulegen. Weiters soll ein Nachweis über Verlauf und Abschluss Ihres Studiums (Studienbuch, Abschlusszeugnis) vorgelegt werden. (…) Da die Bezugsauszahlung bargeldlos vorgesehen ist, werden Sie für die Eröffnung eines Gehaltskontos und Vorlage eines Antrags auf bargeldlose Gehaltszahlung Sorge zu tragen haben. (…)
Für den Bundesminister: Mag. XY.

Da freut man sich doch gleich doppelt auf die Arbeit! Fehlen nur noch Regenschutz und gute Laune.

Milzbranderregung

Wir Österreicher sind derzeit still getrübt wie der Hochnebel und horchen in unsere Milzen hinein. Wer noch nicht weiß, wohin genau er horchen soll: Im oberen linken Quadranten des Abdomens hinter dem Magen sitzt sie und beobachtet die Leber vis-à-vis. – Sie ist also Kummer gewöhnt.

Dinge, die bekannt gefährlich sind, erscheinen uns immer noch harmloser als Dinge, die so harmlos aussehen, als würden sie darauf brennen, gefährlich zu sein. Das heißt: Wien–Linz auf der A1 nehmen wir mit 150, ohne mit der Wimper zu zucken. Aber im Billa auf Du und Du mit dem verstreuten Inhalt einer aufgeplatzten Mehlpackung: Das ist uns derzeit zu viel.

Zum Glück haben Schlagzeilenängste ihr Ablaufdatum. Im Juli 2000 waren es die Kampfhunde. Dann kam dieser Wahnsinn, wie hieß er doch gleich: ESG? PSC? Nein: BSE. Da haben wir tatsächlich einige Wochen kein Rindfleisch gegessen. Ja, und erst vor kurzem fürchteten sich laut Meinungsforschung dreißig Prozent der Österreicher vor dem Ausbruch eines Vulkans. – Der Semmering war offenbar zu lange friedlich.

Seit Tagen schreckt uns alles, was weiß und streufähig ist. Hoffentlich nicht mehr lange. Sonst droht ein Advent ohne Vanillekipferln.

Dreiwangenkuss (I)

Österreich hat ein Westende, welches nach allen Seiten hin offen ist. Vom Atlantik zieht dort zum Beispiel mühelos Dreckswetter herein, streift über die Alpen, hängt sich dann unter dem ehemals Eisernen Vorhang im Osten fest und quält uns bis zum Sommer.

Unlängst ist eine Modeströmung von Südfrankreich über Genf nach Österreich eingeflossen, vor der wir Sie ausdrücklich warnen wollen: In Vorarlberg begrüßt man sich bereits dreiwangig.

Nun gilt schon der Doppelwangenkuss als eine der desaströsesten Erfindungen, seit die Menschen die Münder nicht voneinander lassen können. Ob der geringen Trefferquote spielen sich täglich grausame Szenen ab: Streifküsse, Ohrenreiber, Brillen-Crashes. Nun legt man im Westen noch eins drauf. Da auch der Vorarlberger keine dritte Wange zur Verfügung hat, wandert der Küsser von einer Seite auf die andere – und wieder zurück. Da keiner ein Schild mit der Aufschrift trägt »Vorsicht, Dreiwangenküsser!« oder »Achtung, ich halte zuerst die Linke, dann die Rechte und dann nochmals die Linke hin«, können Sie sich vielleicht vorstellen, was sich rund um Bregenz derzeit abspielt.

Und wehe uns, wenn die Dreiwangenküsser einmal den Arlberg passiert haben!

Dreiwangenkuss (II)

»Ich muss Ihnen leider mitteilen, dass Sie nicht auf dem neuesten Stand sind«, schrieb mir Leserin Agnes J. Komisch, diesen Satz höre ich immer öfter. Kann es sein, dass ich langsam »in ein Alter« komme? Diesmal geht es um den Dreiwangenkuss. Ich wähnte ihn (an der Rückseite einer feuchtwarmen Front aus Südfrankreich) noch jenseits des Arlbergs. Er soll sich aber angeblich schon in Wien festgesaugt haben.

Er kommt nämlich aus dem Osten, behauptet Leser Walther C. Von Mazedonien bis Wladiwostok sei es üblich, dass Männer einander zum Gruß dreiwangig heranziehen. Schon in alten Väterchen-Frost-Zeiten soll es zwischen Breschnjew, Kádár, Gomulka und Honecker wahre Benetzungsorgien gegeben haben. Das politische Klima war offenbar so rau, dass Labello alleine zu wenig war, um die erstarrten Lippen aufzutauen. Da mussten schon die roten Wodka-Wangen der Genossen herhalten.

»Aber es kommt noch schlimmer«, warnt Studentin Agnes: »Neulich hat mich mein kalifornischer Nachbar fünfmal (!) auf die Wangen geküsst. Wohin soll das führen?« – Nun, ich hätte da schon einen Verdacht, liebe Agnes. Aber wahrscheinlich bin ich nicht auf dem neuesten Stand.

Dreiwangenkuss (Ende)

Dank aufmerksamer Leser, die sich selbstlos durch die Welt geküsst haben, können wir heute ein kleines Begrüßungskuss-Abc anbieten. EU-Epizentrum der Wangenküsserei dürfte Frankreich sein: Im Norden wird einem auf jede Wange je ein Kuss geklatscht, im Süden küsst man einander dreiwangig, im Raum Paris muss jede Wange zweimal herhalten. Auch in Brüssel werden gern vier Wangenküsse verabreicht. Belgische Küsse seien besonders feucht, heißt es. (Das hat aber vielleicht auch mit dem steten Nieselregen zu tun.)

Niederländer gehören zu den rasantesten Dreiwangenküssern. In Italien kann man mit »Ciao (bella)!« Küsse im Keim ersticken. Römerinnen scheuen Wangenkontakte, vermutlich aus Angst, abgeschminkt zu werden. In Grönland küsst man einander mit Nasenspitzen (weil die Münder eingefroren und die Wangen vermummt sind). Der Osten ist kusstechnisch überversorgt. Die Amerikaner wehren sich mit Händen, »Hello!« und »Hi!« dagegen.

Der lasche Einwangenkuss kommt fast nur noch in Österreich vor und geht in den Nachtstunden gern in den motivierteren Lippenkuss (mit wachsendem Zungenanteil) über. Denn irgendwann muss Schluss mit Förmlichkeiten sein.

Der zweite Mann (VIII)

Mein Zweiter, von dem ich Ihnen früher öfters erzählt habe, ist verschollen. Das Schicksal hat mir ja nach einem (ungerechten) Zufallsprinzip einen Mann mit Mondgesicht, Spitzbart und silbernem Aktenkoffer zugeordnet, der im gleichen Rhythmus mit mir durchs Leben geht. Auch Sie haben übrigens einen Zweiten, nur lebt Ihrer wahrscheinlich in Tokio oder Singapur, deshalb kennen Sie ihn nicht. Das ist auch der Grund, warum die Theorie von der linearen Duplizität irdischer Abläufe wissenschaftlich noch relativ unbedeutend ist.

Mein Zweiter wohnt fatalerweise in Wien-Penzing. Wir benutzten und versäumten oft täglich die gleichen U-Bahnen. Da wir uns präventiv nie begrüßten, begannen wir, voreinander zu erschrecken, ohne es uns anmerken zu lassen. Erst im Büro wusste man, dass ich ihn wieder getroffen hatte. Mein Blick war glasiger als sonst.

Im August war er auf Urlaub, wie immer. Ab Schulbeginn erwartete ich ihn täglich, ab Mitte September dann ungeduldig. Seit Oktober vermisse ich ihn. Voll besetzte U-Bahnen können entsetzlich leer sein. Etwas im Leben fehlt mir: Er. Hoffentlich ist ihm nichts passiert. Wenn er wieder auftaucht, werde ich ihn begrüßen. Ehrlich. (Außer er schaut weg.)

Sorgenaustausch (I)

»Meine Frau und ich fassten den Entschluss, uns von unseren Sorgen zu befreien und sie einfach an Sie weiterzuleiten«, schrieb mir Familie R. vor einigen Tagen. – Gute Idee. Aber was mache ich mit den Sorgen der Familie R.? Vielleicht am besten an Sie weiterleiten:

1. Bei einem Schrank zum Zusammenbauen fehlt eine Leiste (Lieferzeit drei Wochen).
2. Im neuen Wandverbau funktionieren die Lampen nicht. (»Falsch verkabelt«, sagen die Experten.)
3. Die geschenkte Verdi-Requiem-CD hat Nebengeräusche im Kyrie. (Herr, erbarme dich!)
4. »Meine Frau bestellt für unsere Tochter bei einem Versandhaus eine lange Hose und erhält eine kurze.« (Schade. Umgekehrt wäre die Tochter irgendwann hineingewachsen.)
5. »Gestern kaufe ich für den Drucker eine Farbpatrone und entnehme der HP 51549A-Verpackung eine schwarze HP 51629A-Patrone.«

Familie R. fragt an: »Sind wir Pechvögel?« – Nein. »Geht es anderen auch so?« – Ja! Und zwar jedem! Mir zum Beispiel liefert die deutsche Firma Hülsta seit 10. März ein Bücherregal – schraubenweise. Meine Hoffnung: Wenn einmal alles da ist, kann nicht mehr viel vergessen werden.

Sorgenaustausch (II)

Erkenntnis aus den vielen Reaktionen auf »Sorgenaustausch I«: Österreich leidet qualvoll unter gekauften, aber noch nicht eingelangten Möbeln, von denen oft nur prächtige Fahndungsfotos in Katalogen existieren.

Das Verhängnis beginnt, wenn ein Möbelhaus-Abgeordneter daheim zur Erstvisite antritt und sagt: »Das können wir Ihnen alles individuell zusammenstellen.« Er beweist es sogleich anhand der Preisliste.

Für die Lieferung gelten die »üblichen Fristen«, die theoretisch eingehalten werden. Jedenfalls ist es nicht das Problem der Firma X, dass die Firma Y verspätet liefert. Und die Firma Y ist unschuldig, dass bei ihr nicht alles lagert, was sich individuell zusammenstellen lässt. Weil die Firma Y nicht ständig zu spät liefern kann, liefert sie mitunter pünktlich – und schadhaft. Die Firma X muss das dann wieder zurückschicken, das ist nicht ihre Stärke. Schadhafte Teile werden im Zeitdruck gern durch unpassende ersetzt. Der Firma X ist das individuell unangenehm, aber sie kann nichts dafür. »Nichts dafür können« in der Möbelbranche dauert laut Augenzeugenberichten bis zu einem Jahr. Danach sind die Möbel unmodern. Jetzt frage ich Sie: Lassen wir uns das gefallen? – Jawohl, das tun wir.

Sorgenaustausch (Ende)

In meiner Funktion als Obmann des »Clubs der Freunde der zeitlich begrenzten Frist für die vollständige Lieferung bestellter Möbel« (CFzbFvLbM) wurde ich gebeten, die Begründungen eines Möbelverkäufers zu nennen, warum sich Tische und Kästen auf ihrer Reise von Europa durch Europa nach Europa oft bis zu einem Jahr Zeit lassen. Erstens: »Wegen der rollenden Landstraße.« (Zum Möbel-Ein- und Abladen müsste die Straße vermutlich öfter stillhalten.)

Zweitens: »Wegen des ›Just in Time Delivery Systems‹.« Klingt großartig. Übersetzt kommen wir auf ein »gerade rechtzeitiges Liefersystem«. »Rechtzeitig« wäre uns an sich früh genug. Aber wahrscheinlich wird »just in time« geliefert; und dann rollt die Landstraße unseren Möbeln »out of time« davon.

Leserin Maria K. bittet mich indes um eine Erweiterung meiner Obmanntätigkeit auf das triste Hoffnungsgebiet der Textilbestellung per Katalog. Ensembles kommen (wie schon der Name sagt) gerne getrennt an: zuerst Oberteil, dann lange nichts, dann Unterteil, allerdings in der falschen Farbe oder Größe. Reklamieren: zu spät. Wegwerfen: zu früh. »Komplettangebot« heißt eben nur, dass etwas komplett angeboten wird. Und das wird es ja.

No na net

Für heimische Urlauber, die heuer in Österreich bleiben, bieten wir, unterstützt von Leserin Barbara M. aus Sankt Pölten, eine kleine Serviceleistung: einen Sprachführer, der erklärt, was der Inländer alles meinen kann, wenn er sich dadaistisch ausdrückt, um keine unnötigen Worte zu verlieren.

Na. Nein; wirklich nicht; so nicht; geh, wirklich?; was du nicht sagst!

Na na. Nein, nein; auf gar keinen Fall; kommt nicht infrage; nicht mit mir; siehe da; da schau her.

Na, net. Nein, bitte nicht.

Na net. Na, sicherlich doch; was hast du denn gedacht?

Na, no net. Bis jetzt noch nicht, aber wohl recht bald.

No na net. Da gehört schon einige Blödheit dazu, das in Zweifel zu ziehen.

Jo. Ja; warum nicht?

Jooo. Ja, gleich.

Jo jo. Ja, natürlich, du hast Recht; ist schon gut; und sonst bist du gesund?; reg dich nicht auf; so ist das Leben.

Na jo. Danke, es geht so; nicht besonders; kommt darauf an; weiß ich noch nicht.

Na jo na. Beinahe ja.

Na jo na net. Aber eigentlich doch nicht.

Jo ä. Na sicher; eh klar; weiß ich ohnehin.

Jo ä net. Hatte ich nie vor.

Na ä net. Hatte ich (auch) nie vor.

So. Danke, das war's.

Nehma net!

Vorsicht, es gibt da leider ein gröberes Problem mit dem Euro: In unsere finanziell friedfertige Heimat haben sich über dunkle Kanäle Währungsessenzen mit befremdend ausländischem Anteil eingeschlichen. Für Falschgeld sind diese Münzen zu echt, für den unbedenklichen Zahlungsverkehr sind sie aber eindeutig zu wenig österreichisch.

Uns sind zwei Fälle bekannt, in denen durch das mutige Einschreiten hellsichtiger Geschäftsleute Finanzschaden verhindert werden konnte.

1. Textilgeschäft im oststeirischen Städtchen Fürstenfeld. Kundin zahlt. Verkäuferin schaut. Danach schaut sie noch einmal. Und schließlich schaut sie noch einmal ganz genau. Es hilft nichts: Von der Münze prangt der deutsche Adler. Zur Kundin: »Da muss i die Kollegin fragen.« Zur Kollegin: »Nehmen wir auch deutsche Euros?« Kollegin: »Waaß net.« Zur Kundin: »Entschuldigung, da müssen wir erst in der Bank fragen.«
2. Wiener Postamt. Schalterbeamter zu einer Kundin: »Das macht zwei Euro.« Die Kundin gibt ihm eine Zwei-Euro-Münze. Beamter: »Des geht net!« Kundin: »Wieso nicht?« Beamter: »Des san spanische.« Kundin: »Wie, spanische?« Beamter: »No des san spanische Euro, die nehma net!«

Dawuschen (I)

An diesen ersten Jännertagen präsentiert sich Österreich gesättigt, neutraler denn je und gegen Neuigkeiten aller Art immun. So schaffte es der Skisport mit der Meldung: »Nach dem ersten Durchgang belegen Österreicher die Plätze zwei und drei« fast an die Spitze der sonntägigen Elf-Uhr-Weltnachrichten, geschlagen nur von Georgien, wo ferne Wahlen stattfanden.

Über den zur Halbzeit führenden Finnen Palander äußerte sich der spontan befragte zweitplatzierte Pranger: »Der Kalle hot an Traumlauf dawuschen.« Und das war die eigentliche Sensation dieses Beitrags: Denn »dawuschen« hat in der EU bisher noch niemand öffentlich behauptet, nicht einmal ein Tiroler. Die Logik sagt uns: Da muss »erwischen« dahinterstecken. Man kann es aber auch mit »wascheln« probieren. (»Den Kalle hot's schee obe g'waschelt!«) Allerdings war dafür die Schneelage zu stabil. Vom Gemüt her sind wir geneigt, aus »dawuschen« jenen urösterreichischen Ausdruck eines soeben eingetretenen und noch nicht verdauten Naturereignisses herauszuhören: Wusch! Im Sinne Prangers: »Der Palle ist obe (g'rauscht) – na wusch!«

Da Palander auch den zweiten Lauf dawasch, gewann er das Rennen.

Dawuschen (II)

Jüngst hat der Tiroler Skifahrer Manfred Pranger den Lauf eines finnischen Kollegen als besonders gut »dawuschen« bezeichnet. Der Mann kennt Worte!

Leider behauptet Leserin Barbara E., dass »dawuschen« zumindest in Innsbruck »ein ganz normaler Begriff« sei. Wie aus »wischt« »wuschen« werden kann, verrät sie dem Osten Österreichs zwar nicht. Aber: »Bei uns lassen sich fast alle Verben mit ›da‹ verbinden und bringen damit ein Gelingen zum Ausdruck«, sagt sie. Da Tirolern traditionsgemäß besonders viel gelingt, darennen sie Busse, dalangen sie Plätze oder darappeln sich, wo andere schon aufgegeben haben. Man beobachte nur EU-Kommissar Franz Fischler, wie er seit Jahren Brüssel dapackt und durchdadruckt.

Gelingt etwas nicht so gut, dann schiebt sich oft ein harsches »R« des Ärgernisses dazwischen. Am Ende einer wachen Nacht weiß der Tiroler: »I hab's heut nit eindarschlaf'n.« War die Last zu schwer, hat er sie »nit darhob'n«. Und ob er die neue Lkw-Schadstofflawine darbremst, wird davon abhängen, ob er den Brenner dastreikt. Kommt darauf an, wie er ihn dawuscht.

Die Nullerjahre

Seit drei Tagen haben wir zwei fertige Jahre mehr als 2000, aber noch immer keinen Namen für die aktuelle Zehnerserie nach 1999. Analog zu den siebziger, achtziger und neunziger Jahren müsste es sich um die Hunderterjahre handeln. Treffsicherer wäre allerdings die Bezeichnung Nullerjahre – eine Epoche, in der uns bei rückläufiger Wirtschaft der Fortschritt davonrennt und wir uns in satter Trägheit vor der ungewissen Zukunft fürchten.

Die Nullerjahre ergehen sich in Nulllösungen, Nullvarianten und Nulllohnrunden. Sie überschreiten mühelos Null-Promille-Grenzen, erschöpfen sich in missratenen Nulldefiziten und bürgen für ein gelungenes Nullwachstum. Zu den bisherigen Errungenschaften der Nullerjahre-Dekade zählen:

Waffeninspektoren. Das sind Leute, deren Arbeit behindert wird, was zwangsläufig zu gerechten Kriegen führen muss.

Wenderegierungen. Je gelenkiger sie sich wenden, biegen und (ver)beugen, desto länger werden sie regieren.

Westwetterkapriolen. In Österreich ersetzt der Eisregen den glücklosen Null-Grad-Schnee. Einzig der vom Wetter unabhängig agierende Wiener Industrieschnee sorgt noch gelegentlich für ein bisschen echtes Weiß.

Unerträgliches vom Kleiderbügel

Zeit und Kraft, die wir an ihn verschwenden, hängen uns nach, ohne dass wir es merken. Der Kleiderbügel macht uns das Leben jedenfalls nicht leichter, sondern höchstens faltenfreier. Aber wozu? Und unter welch qualvollen Umständen? Eine Abrechnung.

Das sind genau die Dinge, mit denen man sich ein halbes Leben lang nicht beschäftigt hat, und jetzt, im Alter für Fortgeschrittene, wundert man sich, warum man so leicht reizbar, so launisch, so empfindlich geworden ist. Und man kommt nicht auf die Idee, dass dies ursächlich etwas mit scheinbar belanglos herumhängenden Dingen wie Kleiderbügeln zu tun haben könnte.

Haben wir je »Ja« zum Kleiderbügel gesagt? – Nein. (Wurden wir überhaupt gefragt? – Nein.) Haben wir uns jemals überlegt, von welch reaktionärer Gesinnung er getragen ist? – Er ist Bote einer militanten Ordnung, Verfechter von Reih und Glied, Philosoph der steifen Gangart, Krücke der Zivilisation, die uns von klein auf zwingt, Falten zu verhindern: Lachfalten in der Kirche, Eckfalten im Schulheft, Hautfalten im Gesicht, Stofffalten über dem Körper. »Häng die Jacke auf!« »Häng die Hose auf!« »Häng den Mantel auf!« »Nimm gefälligst den Kleiderbügel!« – Unschöne Lieder aus der Kindheit. Irgendwann haben wir resigniert, sind alt geworden und haben mitgesungen. Bug an Bug, Naht an Naht ... Staub zu Staub. Den gewerbsmäßigen Diebstahl mehrerer

Sekunden täglichen Schlafes können wir ihm gerade noch nachsehen. Auch beim Gewand-ins-Eck-Werfen lassen wir ja schließlich Zeit liegen. (Jene Zeit, die wir später aufwenden, um das Gewand aufzuheben und zu identifizieren.) Unverzeihlich aber ist seine eigene organisatorische und technologische Unzulänglichkeit, mit der er uns täglich mindestens zweimal zur Ordnung ruft.

1. Es gibt nie genügend Kleiderbügel. Das zwingt uns, Hemden schichtweise übereinanderzuhängen. Die inneren verschwinden für immer, nur die äußerste Schale hat Chancen, wieder erwählt zu werden. Allerdings streifen wir dabei auch die darunter befindlichen Hemden ab – und dürfen sie einzeln wieder aufhängen.
2. Wir haben prinzipiell die falschen Kleiderbügel in der Hand, denn die richtigen sind bereits behangen. Wollen wir traurige Hosen aufhängen (traurige Hosen sind solche, die auf traurige Gestalten wie Kleiderbügel angewiesen sind, weil sie sonst in sich zusammensacken würden), wollen wir sie also aufhängen, so fehlt uns garantiert die dritte Seite, der entscheidende Querbalken des gleichschenkeligen Dreiecks. Wollen wir ein zartes Sommerhemdchen in Stellung bringen, dann stoßen wir auf den unangemessen dicken Holztriangel, das Stück, welches eigentlich schwere Lodenmäntel in die Garderobe wuchten sollte. Und umgekehrt: Als Abnehmer für unsere behäbige Wintergarderobe stehen uns zumeist nur kurzarmige dünne Plastikbügel zur Verfügung. Das kann zu folgender psychischen Ausnahmesituation führen:

3. Beim Versuch, ein Kleidungsstück aus schwerem Stoff auf einen schmächtigen Bügel zu hängen, bricht dieser in zwei Teile. Was soll aus solchen Tagen (oder Nächten) werden? Was ist das überhaupt für ein Leben?
4. Wir haben ausnahmsweise genügend Kleiderbügel zur Verfügung. Aber die Garderobe fehlt. Oder sie geht bereits über. Wir behängen Türen, Fenster und Schlüsselköpfe von Schränken und Kästen mit frisch gebügeltem Gewand. Der Anblick macht uns depressiv. Wozu wohnen wir eigentlich?
5. Wir verreisen und nehmen natürlich keine Kleiderbügel mit. Im Hotel unseres Ankunftsortes gibt es ebenfalls keine.
6. Wir verreisen und nehmen diesmal Kleiderbügel mit. (Um Platz im Koffer zu sparen, lassen wir das Gewand daheim.) Im Hotel unseres Ankunftsortes gibt es ebenfalls Kleiderbügel.
7. Wir fahren auf einen geschäftlichen und somit anzugpflichtigen Antikur-Aufenthalt. Wir behängen die hinteren Autoscheiben mit beladenen Kleiderbügeln. Nach der ersten nennenswerten Bremsung liegt ein Anzug auf dem Boden. Wozu das Ganze? Wozu Anzüge? Wozu Bügelfalten? Wozu Termine dieser Art?
8. Wir gehen vom Auto ins Hotelzimmer. In der linken Hand die Reisetasche, in der rechten der Anzug mit Kleiderbügel. Langsam und unauffällig rutscht die Hose unter dem Sakko vom Bügel. Im Zimmer erst bemerken wir, dass etwas Faltenfreies fehlt. Wir gehen der Sache nach und entdecken die Hose draußen im Dreck. Wir lassen uns an der Rezeption zum Chef

unserer Firma verbinden. Wir kündigen. Wir wandern aus. Wir nehmen nur Geld, Pass und drei Garnituren Jogginganzüge mit. Wir streichen den Kleiderbügel für immer aus unserem Gedächtnis ...

Aber ein Mal, ja ein Mal, nur ein einziges Mal, hat ein Kleiderbügel mein Leben bereichert. Diese Geschichte erzähle ich Ihnen gerne zum Abschluss. Das war, als mein erstes Auto, ein VW 1600, gebrechlich wie immer dastand, zur Fahrt in die nächste Werkstatt bereit, aber ich konnte nicht einsteigen, da sich die Türen nicht öffneten, da sie versperrt waren, da sich der einzige Schlüssel, den ich besaß, im Wageninneren aufhielt, wo er steckte. Damals riet mir Willi (oder war es Hans?), die es immer gut mit mir und meinen Autowracks meinten: »Hol ein Stemmeisen und einen Kleiderbügel!« Das klang unlogisch, aber es gefiel mir. Willi (oder Hans) meinte natürlich den Klassiker des Kleiderbügels, dieses silbergraue Drahtgestänge, das sie einem in den Putzereien noch immer meterweise nachwerfen, je umschleiert mit feinem Nylon, und unten lugt das unverschämt teuer geputzte Stoffgut hervor, als wäre Hochzeit jeden Tag.

Ich holte also von daheim das Stemmeisen und einen solchen Kleiderbügel. Willi (oder Hans) würgte ihn an einer Ecke, bog ihn zu einer Karikatur eines balldurchlässigen Golfschlägers. Ich stemmte, ungeachtet des so entstehenden Blechschadens, die Seitentür des Wagens auf. Willi (oder Hans) fuhr mit dem geknechteten Drahtgestell in den Spalt hinein, umschlang damit den schwarzen Türknopf und gab dem Hebel schließlich die entscheidende Wirkung. Der Knopf sprang hoch, die Tür ließ sich öffnen. Der entfremdete Kleiderbügel war der Held. Wir feierten ihn bis in die Morgenstunden. Auch Hans (oder Willi) kam dann noch dazu.

So sinnvoll konnte ein Kleiderbügel sein, wenn er wollte. Aber er wollte nicht, und er will noch immer nicht. Das wird sich einmal rächen. (Im Übrigen bin ich der Meinung, wir sollten seltener Anzüge tragen. Wir wollen ihnen doch nicht den Kleiderbügel ersetzen.)

Ausgeliefert

In meiner Funktion als Obmann des »Clubs der Freunde der zeitlich begrenzten Frist für die vollständige Lieferung bestellter Möbel« (CFzbFvLbM) ist mir ein Fragebogen der Kundendienstzentrale der Firma X. in die Hände gefallen, begleitet von folgender Bitte: »Wir hätten gerne gewusst, wie Sie mit uns zufrieden waren, wie Sie unser Möbelhaus, unsere Angebote und die Abwicklung Ihres Auftrags beurteilen.« Ich habe mir erlaubt, die Fragen in eigener Sache zu beantworten. Hier ein paar Auszüge.
1. Sind Sie mit unserer Lieferung zufrieden? – NEIN.
2. Ist noch etwas zu erledigen, beziehungsweise haben Sie Beanstandungen? – JA.
3. Wurde die Lieferzeit eingehalten? – NEIN.
4. Würden Sie beim nächsten Mal wieder bei uns kaufen? – NEIN.
5. Was hat Sie gestört, bzw. was würden Sie als Chef verbessern? – WIR WARTEN SEIT MÄRZ 2001 AUF DIE FERTIGSTELLUNG UNSERES WOHNZIMMERS.
6. Wünschen Sie einen Telefonanruf unserer Serviceabteilung? – NEIN. NUR DIE LADEN FÜR DAS BÜCHERREGAL.

Das hat gewirkt. Wenige Tage später: Retourpost. Die Laden sollen noch im März kommen. Leider steht wieder keine Jahreszahl dabei.

Erwischt

In einer Gaststube lauscht man nicht, was am Nebentisch getuschelt wird. Nein, das tut man nicht. Man würde zwar im vorliegenden Fall am vorliegenden Tonfall sofort erkennen, worum es geht. Aber man weiß, dass gerade so etwas einen überhaupt nichts angeht. Er kann seine Liebe beteuern, wem und wie er will. Er kann seine Hände – ja, wo leben wir denn! – hintun, wo er will (außer *sie* will es nicht, etwa weil sie auf den Knien kitzelig ist, aber da wird sie sich ja wohl selbst rühren). Es fällt einem deshalb auch gar nicht auf, dass er mindestens ihr Vater sein könnte. Und dass er, immer wenn neue Gäste kommen, hinschielt, als fürchtete er, eine Frau, die ihre Mutter sein könnte, ginge auf sie zu, das würde man gar nicht bemerken.

Aber jetzt passiert, angenommen, Folgendes: Es bläst sein Handy den Radetzkymarsch. Er hebt ruckartig die Hand von ihrem Bein. Seine Stimme wird laut und amtlich. In kurzen Intervallen heißt es: »Im Büro.« »Sicher später.« »Weiß ich noch nicht.« Und: »Ja, danke, ich wärme es mir auf.« – Darf man dann, wenn er die Umgebung ängstlich nach undichten Stellen absucht, kurz einmal hinüberschauen und die rechte Augenbraue ein paar Millimeter anheben?

Winterlich mies (I)

Die beste Möglichkeit, etwas zu erklären, was sich nicht erklären lässt, ist der Hinweis, es handle sich um reine Psychologie. Dass das abgelaufene Jahr ein psychologisch misslungenes war, verdanken wir zum Beispiel der Wirtschaft. Da waren die Pessimisten zu realistisch und die Optimisten zu still. Gute Wirtschaftsdaten muss man ja bekanntlich nur herbeireden, dann werden sie doppelt so gut, als sie sonst geworden wären. Außer sie bleiben schlecht, dann werden sie gleich doppelt so schlecht wie ursprünglich befürchtet. Und genau das ist geschehen.

Reden wir vom Wetter. Es wird von Jahr zu Jahr schlechter. Wissen Sie warum?

– Psy-cho-lo-gie! Denn nicht das Wetter wird schlechter, sondern wir werden älter, und das Wetter bleibt gleich. Wir sind aber gewohnt, dass alles rund um uns besser wird, erst dann empfinden wir es als so gut wie immer. Glück vor zwanzig Jahren: Skihütte ohne Strom und zu wenig Betten für alle (Frauen ohne fixen Freund). Glück heute: Achtsternhotel mit Sechshaubenküche zum dreifach reduzierten Einstands-, Anstands- und Wohlstandspreis.

Gutes Winterwetter vor zwanzig Jahren: winterlich. Schlechtes Winterwetter heute: winterlich. – Böse Psychologie!

Winterlich mies (II)

Am Freitag (als Sie wahrscheinlich noch im Urlaub waren und sicher keinen Gedanken an einen mit heute vergleichbaren Zustand verschwendet haben), am Freitag behaupteten wir: Was sich nicht allzu leicht erklären lässt, ist meistens Psychologie. Zum Beispiel: schlechte Wirtschaft und mieses Wetter.

Auf dem psychologischen Tiefpunkt stehen wir (gemeinsam) allerdings erst heute. Denn dieser Montag ist (A): der erste eigentliche und somit der eigentlich ärgste Arbeitstag des Jahres. Denn er ist (B): der erste Werktag nach einem irrtümlich als Sonntag vergeudeten letzten Feiertag aus der Serie der (C): Weihnachtsfeiertage, in die wir uns wie von einem in den Stromschnellen des Jahres gekenterten Floß auf ein Stück Nadelbaumholz gerettet hatten, welches die Heiligen Drei Könige gestern einkassierten. Somit treiben wir (D) zu Beginn der furchterregenden Ballsaison (E) mit wenig Geld einer uns völlig fremden Währung (F) durch die Grauzonen eines von Frost- und Tauorgien geschüttelten Wintertunnels namens Jänner. Und wir treiben (G) direkt dem Fasching in die Arme.

PS: Wissen Sie, wann der nächste freie Tag kommt? – (H): Ostermontag, 1. April. Böse Psychologie!

Alterserscheinungen

Woran erkennt man, dass man nicht mehr so jung ist wie früher? – Zum Beispiel daran, dass man (sich) diese Frage in immer kürzeren Intervallen stellt.

Unlängst standen wir – vier Sechziger-Jahrgänge – an der Theke einer angemessen jugendlichen Bar. War gar nicht leicht zu finden, Gäste und Personal rutschen ja immer mehr ins Vorschulalter ab. (Auch daran erkennt man es, zum Beispiel.)

D. erzählte uns, dass er nie mehr ohne seinen Kopfpolster auf Reisen gehe. Es gebe nämlich weltweit nur diese einzige schlafverträgliche Mischung aus weich, tief, rund und daunig.

R. berichtete, dass ihm unlängst in der Straßenbahn eine Schülerin ihren Sitzplatz überlassen wollte.

F. ist aufgefallen, dass man ihm nach zwanzig Jahren »Sie« in Modeshops plötzlich wieder das Duwort anträgt. Vermutlich will man seine lasche Kaufkraft erhöhen.

Und ich erzählte, dass ich mit fünfzehn mächtig stolz war, als man mir beim Frisör (damals noch »Friseur«) erstmals einen Kaffee anbot. Na ja, jüngst fragte mich eine junge Frisöse: »Kaffee?« Ich: »Ja, gern.« Sie: »Koffeinfrei?« Da spürte ich einen Stich im Herzen.

Trinkgeldfalle (I)

Mir ist gleich zu Jahresbeginn ein Missgeschick widerfahren: Ich habe in einem Restaurant zu viel Trinkgeld gegeben. Zu wenig – okay, das kann vorkommen. Aber zu viel? Das tut schon weh, in wirtschaftlich harten Zeiten wie diesen. Ich sage Ihnen, der Euro hat es faustdick hinter seinen (ersten) Eselsohren.

Stellen Sie sich vor, der Seewirt Ihres Vertrauens kommt nach einer gelungenen Mahlzeit für zwei mit der Rechnung zu Ihnen – klug genug, diese nicht auf den Tisch zu legen, um Ihnen nur ja keinen Spielraum für die richtige Einstellung nach der Umstellung zu gönnen. Nein, er schmettert Ihnen: »37, der Herr« hin – und öffnet die Hand zum Empfang. Das heißt: Denken unmöglich, rechnen obszön – Sie müssen sofort handeln. Was hätten Sie gesagt? Ich zog meinen ersten Hunderter und fackelte nicht lange herum: »45, passt!« – Sieben läppische Dingsda-Euro werden schon nicht zu viel sein, dachte ich. Damals. Heute sehe ich es anders.

Wenn ich nun ein bisschen Werbung mache und Ihnen verrate, dass der Wirt am Thurnberger Stausee im Waldviertel die saftigste »Forelle Müllerin« zwischen Elbe und Ganges produziert, glauben Sie, gibt er mir das nächste Mal fünf Euro zurück?

Trinkgeldfalle (II)

Vergangene Woche habe ich Ihnen von meiner ersten Euro-Entgleisung erzählt: Ich hatte in einem Restaurant eine Rechnung von 37 Euro auf 45 Euro ausgebaut, was einem »Trinkgeld von sieben Euro« entsprach, so schrieb ich.

Danke für das imposante Leserecho! – Inhaltlich können wir ja oft ungestraft den größten Schwachsinn verzapfen, aber wehe, eine Zahl stimmt nicht! Darf ich Ihnen dazu eine kurze Geschichte erzählen? – Ein Lehrling verkaufte in Abwesenheit seines Meisters ein Spiel um 30 Euro an drei Kinder, wovon jedes der drei zehn Euro zahlte. Als der Geschäftsherr zurückkam, erzählte der Lehrling stolz von seinem Verkauf. Da das Spiel aber im Angebot war und nur 25 Euro kostete, beauftragte der Inhaber den Lehrling, den Kindern die fünf Euro zurückzugeben. Dem Lehrling war es jedoch zu mühsam, fünf Euro durch drei zu teilen. So gab er den Kindern nur je einen Euro zurück und behielt die restlichen zwei selbst. Somit hat jedes der Kinder statt zehn nur neun Euro bezahlt. Neun mal drei ist 27. Diese 27 plus jene zwei, die der Lehrling einsteckte, ergeben 29.

So. Wenn Sie mir verraten, wo der 30. Euro geblieben ist, dann gebe ich zu, dass 45 weniger sieben 38 macht und dass ich meinen Fehler zutiefst bereue.

Trinkgeldfalle (Ende)

Also, wo blieb der 30. Euro? Hoffentlich wissen Sie, wovon ich spreche. In aller Kürze: 3 Kinder kaufen ein Spiel um 25 Euro. Die Kinder zahlen je 10, also 30. Der Lehrling gibt 3 Euro zurück – und steckt 2 ein. Jedes Kind hat also 9 Euro bezahlt. 9 x 3 = 27. Diese 27 plus die 2, die der Lehrling eingesteckt hat, ergeben 29. Wo ist der 30. Euro?

Ehrlich: NOCH NIE habe ich so viel Post von Ihnen bekommen. (Wir Kolumnisten sollten uns vielleicht ganz auf Zahlenrätsel verlegen.)

Nun, von den hundert richtigen Einsendungen gewinnt bitte keiner etwas, war ja nicht ausgemacht. Der wahre Kern fast aller Antworten:

1. Man darf die zwei Euro nicht zu den 27 addieren, nein, man muss sie von 27 abziehen. (Wenn Sie jetzt fragen, warum, sind Sie unbelehrbar.)
2. Als Gleichung: 30-5=3x10-(3x1+2); 25=25. Wahre Aussage!
3. Im vollen Einverständnis mit Leserin Sigrid N.: »Ich hab's zwar kapiert, aber ich kann's nicht erklären.«
4. Als journalistisches Zugeständnis: »Ich hab's zwar nicht kapiert, aber ich kann's erklären.«

Schwa zum Sog'n (I)

Heute soll hier von zehn Sekunden die Rede sein. Sie vergingen an einem Sonntagmittag in einem netten Landgasthaus südlich von Litschau. (Nördlicher wäre es ohnehin kaum mehr gegangen.) Während dieser zehn Sekunden stand eine junge Kellnerin vor uns, schaute uns an und sagte: nichts. Wir saßen vor ihr (an unserem Tisch), schauten sie an und sagten: nichts. Wir alle warteten. Sie, liebe Leser, dürfen entscheiden, wer zu Recht wartete – wir Gäste oder die Kellnerin.

Was vorher geschah: Wir studierten die Karte und stießen auf die (einzige) Spezialität der Hauses: Räucherforelle auf Rohkostsalat. Die Kellnerin stellte sich zu uns. Wir fragten: »Ist das eine Vorspeise oder eine Hauptspeise?« Sie (nach längerem Grübeln, dann aber doch recht entschlossen): »A Hauptspeis.« Wir: »Ist die Speise warm oder kalt?« Sie (nach noch längerem Grübeln, dann aber doch fest entschlossen): »Schwa zum Sog'n!«

So, liebe Leser. Und dann begannen die oben erwähnten zehn Sekunden. Sie endeten damit, dass einer von uns sagte: »Wurscht, dann halt ein Schnitzel.« Damit war das Forellenproblem gelöst. Was geschehen wäre, hätten wir weiter auf eine Antwort gewartet? – Schwa zum Sog'n.

Schwa zum Sog'n (II)

Leser Dr. M. meint, dass es Wichtigeres gibt, als hier die Frage zu diskutieren, warum eine unschuldige nordösterreichische Kellnerin auf die Frage, ob die Spezialität des Hauses, Räucherforelle auf Rohkostsalat, warm oder kalt sei, »Schwa zum Sog'n« erwiderte, statt zum Beispiel den Koch zu fragen. Da hat er Recht. Es gibt Wichtigeres. Davon haben wir täglich die Zeitung voll.

In seinem auch sonst sehr herzlichen Leserbrief attestiert Dr. M. »weltstädtische Präpotenz und intellektuelle Affektiertheit«, in der über eine »kleine unbedarfte« Kellnerin hergezogen worden sei. Verzeihung, da muss ich die Kellnerin ein bisschen in Schutz nehmen. Sie war weder klein noch unbedarft. Für sie war es einfach nur »Schwa zum Sog'n«, ob die Forelle warm oder kalt war. Und das wussten wir Weltstädter ja ebenfalls nicht, sonst hätten wir die Kellnerin nicht zusätzlich damit belastet.

Zuletzt fragt Dr. M. einfühlsam an, ob wir keine anderen Sorgen haben, als … (Sie wissen schon.) Doch, und ob! Darf ich von mir reden? – Ich warte seit 5. März vorigen Jahres weltstädtisch auf die zweimal nicht, dreimal fast und zweimal falsch gelieferten Laden für mein Bücherregal. Ob sie eines Tages kommen werden? – Schwa zum Sog'n.

Nördliche Idylle

Es ist an der Zeit, mit einem klimatischen Vorurteil aufzuräumen. Im Norden der runden Hälfte Österreichs benötigt man an den Sommerabenden im Freien keine Daunenjacken. Der Vorhang da oben hieß nicht »eisiger«, sondern »eiserner«. Die Temperaturmessstelle Zwettl befindet sich in der gemeindeeigenen Tiefkühltruhe, daraus erklären sich die schlechten Werte.

Kurzum: Im Waldviertel ist es heiß! Seit Pfingsten brennt dort unbarmherzig die Sonne herunter, unterbrochen nur durch tropische Regengüsse. In den paradiesischen Gärten von Neupölla blühen und gedeihen die afrikanischen Schmucklilien und die australischen Flaschenputzerbäume. Wein könnte jederzeit angepflanzt werden, gäbe es Weinbauern. Vom nordösterreichischen Sommer sind werktags drei Menschen pro Quadratkilometer betroffen. (Der echte Waldviertler versteckt sich und wartet auf den Oktobernebel.)

Wenn man nun bedenkt, dass die Weltbevölkerung im Jahr 2015 die Sieben-Milliarden-Grenze überschritten haben soll, so fragt man sich, warum nicht viel mehr Menschen auf die Idee kommen, sich dort oben ein kleines Ferienhäuschen zu besorgen. Das war aber bitte jetzt kein Tipp!

Alk-Selbstkontrolle

Schon wenige Jahre nach Krankls 3:2 in Córdoba gegen Deutschland ist Österreich dank Gouverneur S. international wieder mächtig stolz auf sich. Da kommt uns das Motto der neuen Verkehrssicherheitskampagne wie gerufen: »Alkoholselbstkontrolle«. Das heißt: Wir Österreicher bringen sogar noch den Alkohol so weit, dass er sich selbst kontrolliert, damit wir in Ruhe fahren können. Auch die Alternative, dass wir uns zwingen, das Auto stehen zu lassen, wenn wir vorher was getrunken haben, ist denkmöglich. So vernünftig sind wir mittlerweile bereits fast immer. Außer wir haben gerade etwas getrunken.

Dazu erzählt uns ein Anwalt aus Schwechat die wahre Geschichte seines burgenländischen Klienten, der wegen Trunkenheit am Steuer zur Führerscheinnachschulung genötigt wurde. Am Ende des Kurses fragte die Psychologin, was die Teilnehmer machen würden, träfen sie in einem Lokal auf ihre Stammtischrunde. Der Burgenländer meldete sich zu Wort: »Ich setz mich dazu und sauf mich nieder, weil ich eh ohne Auto unterwegs bin.« Psychologin: »Sehr gut. Und was machen Sie am nächsten Tag mit dem Restalkohol?« Burgenländer: »Der Alkohol, der im Lokal zurückbleibt, ist mir wurscht.«

CONTRA

Mit Schlag

Es ist nicht so, dass ich mich nachher besser fühlen werde, wenn ich das geschrieben habe. Und sollte es mir gelingen, auch nur einen einzigen Leser mit diesen Zeilen vom Schlagobers wegzubringen, so tut mir das jetzt schon aufrichtig leid, denn das habe ich wirklich nicht gewollt. Sie können neben mir auch gerne eine Portion Butter verspeisen. Schneiden Sie sich ruhig vom Achterl eine dicke Scheibe ab. Oder konsumieren Sie ein Häppchen Schweineschmalz. Das geht ganz gut mit dem Suppenlöffel. Vielleicht ein bisschen Salz darauf – und runter damit. Und wenn Sie Appetit auf Obers haben, dann rühren Sie sich eben eine Schüssel hinauf und schlagen Sie sich damit den Magen voll. Aber bitte nicht diese ewige Lüge vom dringend zu vermeidenden Fett! Tun Sie nicht so, als würde Ihnen der Schlag jedes Mal irrtümlich in die Speisen oder Getränke geraten und Sie wüssten sich in der Not nicht anders zu helfen, als ihn zu verputzen. Denn davon lebt die abgefeimte Hohlraumspeise-Industrie. Eis mit Schlag: ein Drama der Kindheit, bestehend aus einer Schoko-Erdbeer-Laborprobe, eingebettet in einige Kubikmeter warmen Teppichschaum. Melange unter der Haube: spart Kaffee und füllt die größten Schalen. Sachertörtchen am Fuße weißer Gebirgsketten: ohne Schlag ein gar minimalistisches Kunstwerk. Abgesoffene Erdbeeren, versunkene

Salate, untergegangene Suppen. – Obersfreunde, nehmet alle davon, aber esset es pur! Und lasset uns sehen, was, von Schlag befreit, an Verspeisbarem noch übrig bleibt.

CONTRA

Sportwagen

Bei meinem letzten Sportwagen konnte man die Motorhaube öffnen. Das war Luxus für Matchbox Jahrgang 1967. Rot war er, glaube ich. Ein Lotus, glaube ich, oder ein Ferrari. Ich war stolz. Obwohl: Lego war besser.

Genug Sport. Genug Autos. Bitte nicht auch noch Sportautos. Würde man mir heute einen schenken, würde ich ihn in der Garage verstecken. Würde der Nachbar fragen, ob der Wagen mir gehört und ob er damit fahren darf, würde ich sagen: damit fahren ja, mir gehören nein. Falsch: Ich würde ihn verkaufen. Das brächte viel Geld. Potenzmittel sind teuer. Der Verkauf wäre mir peinlich. Denn zumindest der Käufer wüsste dann, dass ich einen (gebraucht) hatte. Er würde auch zu wissen glauben, warum ich ihn (gebraucht) hatte. Aus dem gleichen Grund, warum er ihn mir abkaufen wollte.

Als Mann kann man sich insgeheim nämlich manchmal sehr schwach fühlen und klein vorkommen. Man weiß zwar: Innen stimmt alles. Aber wird das außen auch wahrgenommen? Strahlt man Verwegenheit aus? Kommt die Lässigkeit rüber? Sitzen die Bewegungen? Merken die Frauen, dass man im Prinzip alles im Griff hat? Blickt einem die Verruchtheit noch aus den Augen? Es sind scheußliche Momente der Unsicherheit: Plötzlich hat man Angst, dass die di Caprios in der Überzahl sind, dass Routine überhaupt nicht mehr zählt, dass die zwanzig Ibiza-Urlaube für die Katz waren, dass Erfahrung der Warteraum zum Ruhestand ist.

Ja, und dann schafft man sich so ein blechernes Hormonpräparat an, steigt ein, lüftet den Ellbogen, bedient den Gashaxen. Und alle Welt sieht zu, wie man sich bemüht, der zu sein, der man gerne wäre.

PRO

Automatenfotos

Es beginnt damit, dass man sehr viele Münzen braucht. Beim Wechseln lernt man interessante Leute kennen. Treibt man zu wenig Kleingeld auf, so ist das auch kein Problem. Denn oft sind die Automaten ohnehin hin. Der Vorgang hinter dem Vorhang ist aufwühlend. Man weiß ja nicht recht, wie man dreinschauen soll. Es gibt da keine Vorschriften. Man muss da drinnen auch niemandem gefallen. Man kann komplett ungezwungen so schauen, wie man schaut, wenn man ins Nichts schaut. Das ist der ehrliche Blick. An den kommen nicht einmal Starfotografen heran.

Wichtig ist die richtige Einstellung: erstens zum Foto als solches. (Wer eine falsche Einstellung hat, wird oft lieblos abgelichtet.) Und die Sitzeinstellung natürlich. Das heißt: Man muss seinen Kopf ins Bild schrauben. Dann blitzt es. Dann blitzt es noch einmal. Menschen mit ausgeprägter Mimik schaffen es, zweimal unterschiedlich ins Leere zu schauen. Wenig später werden die Fotos mit Warmluft hinausgefegt. Das ist spannend. Beim Wiener Westbahnhof ist einmal ein Apparat nach einem Gewitter stecken geblieben. Da wurde einen Tag lang immer wieder das Antlitz des letzten Kunden ausgespuckt. Die Leute erkannten sich reihenweise nicht wieder.

Auch sonst weichen die Bilder mutwillig von der Fadesse der Normalität ab. Denn Menschen, die ins Nichts geschaut haben, schauen auf den Fotos zumeist so aus, als hätten sie soeben eigenhändig eine zehnteilige Lutz-Gartenmöbelgarnitur zerstückelt. Oder als hätten sie gerade im Kokainrausch einen dreistündigen Video-Zusammenschnitt der ORF-Sommergespräche konsumiert.

CONTRA

Händeschütteln

Das Folgende gilt bitte nicht für Tante Mizzi. Wenn ich je einen Händedruck spürte, der ehrlich und angenehm zugleich war, dann ihrer. Denn in Mizzis warmer Handfläche verbarg sich stets ein Geldschein. Bei der Verabschiedung fand die Übergabe statt, begleitet von Mizzis verschworenem Zuzwinkern.

Sonst hab ich von vierzig Jahren Händeschütteln wenig Erfreuliches zu berichten. Da gab es den fairen Sport-Shake, mit dem einen Sieger zu demütigen pflegten: Gut zehn Liter Schweiß gingen dabei in meinen Besitz über. Da gab es die von Bekannten mitgebrachten Kinder, die man nie kennen lernen wollte, die aber dazu angehalten waren, einem zwei, drei patzweiche Finger in die Hand zu legen. Vom Juckreiz erholte ich mich nie. Und da gab es die Brutalos unter den Begrüßern, die Daumenquetscher, Knochenbrecher und Armauskegler.

Bis in die so genannten großen Gesellschaften der Gegenwart verfolgt mich der manuelle Grußstress. Eine Unachtsamkeit, eine einzige fahrlässig entgegengenommene Hand – schon darf man sich minutenlang durch die Reihen schütteln. Hochachtung vor den Verweigerern, die einem den Ellbogen anbieten. Und Vorsicht vor den Wangenküssern: Die sind noch dreister.

CONTRA

Händetrockner

Immerhin gibt es im Zeitalter der heißen Luft noch eine eigene Klofinger produzierende Elektroindustrie. Wahrscheinlich haben sich die brummenden Kästen aber nur deshalb ins 21. Jahrhundert gerettet, weil so ungern darüber gesprochen wird, was sich zeremoniell auf den öffentlichen Toiletten zuträgt.

Eine der schwierigsten Umstellungen von der Kindheit aufs Erwachsensein betraf das rituelle Händewaschen danach. Viele Männer wissen heute noch immer nicht, warum sie es tun. – Vermutlich nur deshalb, weil sie jemand dabei beobachten könnte, wie sie es gerade nicht tun. Je nässer die Hände nachher sind, desto geringer ist die Chance, dass ein Handtuch in der Nähe hängt. Sogar mit den zehnfach recycelten grauen Rechtecken aus der Gründerzeit des Löschblatts wird gegeizt. Das sind dramatisch sich verdichtende Hinweise auf das Vorhandensein eines Fönkastens. Oft schalten sie sich erst ein, wenn wir uns schon die Finger wund gerieben haben. Alle drei Sekunden schalten sie sich aus, um Strom zu sparen. Dabei helfen wir ihnen, indem wir die Hände an den Hosenbeinen zwischentrocknen. Wir verlassen die Feuchtzelle und suchen eine Hand, die wir schütteln können – für die rechte. Und eine trockene Schulter für die linke.

CONTRA

Wohngemeinschaft

Wohnen allein ist schwer genug. (Wo fängt man an? Wo hört man auf?) Wohnen zu zweit funktioniert nur so, dass einer von beiden wohnt (besser sie, weil sie mehr Gefühl dafür hat) und der andere dem Wohnenden bei-wohnt, ohne auffällig zu werden. Gibt es Kinder, gewöhnt man sich Wohnen ohnehin rasch ab. Je liberaler erzogen wird, desto kleiner werden die massakerfreien Zonen.

Eine WG ist im Grunde ein GW, ein Gegeneinander-Wohnen mehrerer Personen auf engstem Raum. Ich meine, wer fremde Kulturen kennen lernen will, muss nicht unbedingt um zwölf Uhr die Küche betreten, um sich ein Mittagsmahl zu bereiten, und dabei auf den verkaterten GWler im Pyjama stoßen, der mit seiner Frühstücksspiegeleipfanne den Herd besetzt hält. Eine WG funktioniert nur, wenn die Betroffenen so unterschiedliche Lebensrhythmen haben, dass sie aneinander vorbei wohnen können. Das schönste Kompliment, das ich jemals einen WGler über seinen Gegenbewohner habe aussprechen hören, lautet: »Den spür ich gar nicht.« Ich frage Sie: Lernt man so die Mitmenschen lieben?

CONTRA

Geschirrspüler

Ich verabscheue Geschirrspüler. Ich darf das, denn ich verfüge über zwei (bzw. sie über mich). Ich bin zu einer Zeit haushaltspflichtig geworden, als beim Einrichten einer Wohnung drei Dinge unverzichtbar waren: eine Matratze, ein Plattenspieler und ein Geschirrspüler. Der Spüler war das küchensexuelle Symbol für die Moderne, in der sich Maschinen anschickten, uns Drecksarbeiten abzunehmen.

Frage: Was war am Geschirrabwaschen so ekelhaft?

1.) Dass wir es als Kinder tun mussten. – Dieses Trauma nimmt uns kein Spüler. 2.) Abräumen des Tisches. Erledigt uns kein E-Gerät der Welt. 3.) Entsorgen der Speisereste. – Dabei schaut uns der Spüler auch heute noch gnadenlos zu. Seinetwegen fallen allerdings neue Arbeiten an: A) Ausscheiden unförmiger Pfannen, bei denen sich der Spüler übernehmen würde. B) Manuelles Vorwaschen stark verunreinigter Teller, bei denen sich der Spüler übergeben würde. C) Einräumen des Spülers. Diese Arbeit ist brutal: Man muss denken und schlichten. Und es bleiben immer Trümmer über.

Das Angenehmste am Abwaschen war das Waschen, das Streicheln der Teller im warmen Spülwasser. – Das und nur das nimmt uns die Maschine ab. Ausräumen dürfen wir dann wieder selbst.

CONTRA

Shopping mit Partner

Ungefähr ist es heute so: Von zwanzig Ehen werden sieben geschieden, vier waren es schon vorher, zwei werden annulliert (wegen der Kirche), drei werden erst gar nicht geschlossen (das sind die Ehen der Zukunft) und bei den restlichen wartet man nur noch rasch das Ende der Partnertherapie ab.

Zwischenmenschliche Beziehungen befinden sich, wie der Name bereits andeutet, zwischen den Menschen. Und es erfordert enorme Anstrengung, sie dauerhaft in dieser Stellung zu belassen.

Was zum Scheitern des Versuchs zu zweit nicht unbedingt notwendig wäre, was es aber beschleunigen könnte, ist, dass man auch noch zwischenmenschlich shoppen geht. Es ist dann nämlich so, dass jeder mit dem anderen shoppen geht und keiner mehr mit sich, was vor allem für Frauen qualvoll ist. Oder sie geht mit sich shoppen, und er steht blöd neben der Umkleidekabine und sagt: »Ja, schöne Hose, passt dir gut.« Sie sagt dann aber: »Danke, das ist die Hose, mit der ich gekommen bin.« Oder: Er geht in ihrer Anwesenheit mit sich shoppen. Dann weiß er plötzlich nicht mehr, wozu er auf der Welt ist. Je mehr Auswahl, desto sinnloser das Leben für einen Mann.

Wozu kleiden sich Frauen neu ein? – Damit sie sich besser fühlen. Es besteht keine Notwendigkeit, dass da die Partner wie geführte Zombies in den Kauftempeln herumsteigen. Wozu ziehen sich Männer an? – Damit sie den Frauen gefallen. Wer weiß besser, was den Frauen gefällt, als die Frauen selbst? Eben. Sollen sie's also aussuchen. Oder umtauschen.

PRO

Jahreshoroskop

Wenn's einem schlecht geht und ein Freund sagt: »Wird schon werden«, dann geht's einem gleich ein bisschen besser, finden Sie nicht? »Wird schon werden« ist freilich eher allgemein gehalten. Klingt nach plumper Vermutung. Und was genau werden wird, geht daraus eigentlich nicht sehr klar hervor.

Wenn sich nun ein mühsames Jahr gefrierend regnerisch dem Ende zubeugt und man darf nicht einmal seine letzten paar Schilling behalten, weil sie einem quasi im Hosensack ungültig werden, dann sehnt man sich nach einer ganz gehörigen Portion »Wird schon werden«. Völlig richtig: Man braucht dringend ein Jahreshoroskop, das einem Mut auf zwölf Monate mehr davon macht. Denn da heißt es: Jänner bis März dank Mars – beruflicher Aufschwung. (Sofort Stellenangebote studieren.) April bis Juni zu Verdiensten der Venus: »Ein neuer Herzenspartner tritt in Ihr Leben.« (Hoffentlich verträgt er sich mit dem alten.) Juli bis September unter heftigem Einfluss des Mondes – praktisch durchgehend Sex. (Sehr fein, Joggen war ohnehin schon ein bisschen langweilig.) Oktober bis Dezember zu Ehren des Neptun: »Sie treffen wichtige Entscheidungen.« (Doch wieder mehr joggen?) Dazwischen bringt das Horoskop dank Saturn und Pluto noch zwei Erbschaften und drei Lotto-Sechser unter und verspricht, so wahr es Jupiter gibt: »Sie lernen eine interessante Person kennen, die Sie weiterbringen wird.« Autohändler? Kreditvermittler? Konkursverwalter? Psychotherapeut? – Egal. Die guten Nachrichten gehören prognostizierend spekulierend zelebriert. Die schlechten treffen dann ohnehin ungefragt ein.

PRO

Schaltjahr

Wenn ich ehrlich bin, was hier zum Glück nicht ausdrücklich verlangt wird, ist es mir ziemlich egal, ob ein Jahr einen Tag länger oder kürzer dauert. Es sind nämlich nie die guten Tage, die einem zu viel werden, und es sind nie die schlechten, die man misst. Bei 365 sagen wir: Einen hätten wir noch gebraucht. Nach 366 wissen wir: Dieser eine hatte uns gerade noch gefehlt.

Eine meiner ehrgeizigen Absichten für das neue Jahr ist es aber, generell »dafürer« zu sein als in den Jahren davor, viel öfter für und viel seltener gegen eine Sache. Ich verspreche mir davon, dass dieser neue Schub an Bejahung die kollektivvertragliche Erhöhung des Lebensalters abgeltet, wodurch ein Jungbrunneneffekt entstehen könnte. Denn dagegen zu sein geht auf Dauer gehörig an die Substanz. Stets schwingt der Missmut mit, leicht gesellen sich Argwohn und Trotz dazu. Sagen Sie daheim einmal »Ich bin dagegen!« und beobachten Sie sich dabei im Spiegel. Sie blicken in ein ernstes, zerknirschtes, bitteres Gesicht. Dann versuchen Sie es mit: »Ich bin dafür!« Und? Sehen Sie, wie sich Ihre Züge lichten, wie sich die Falten auflösen?

Um gleich im Jänner so richtig »dafür« zu sein, kommt mir das Schaltjahr wie gerufen. Ich spüre bereits Anzeichen der Faszination für eine Idee der Zustimmung, die es öffentlich bisher noch nicht gab. Schon versammle ich im Geiste den »Verein der Freunde des Schaltjahrs« um mich: aufgeweckte, umgängliche, heitere Gesellen. Mit Transparenten werden wir den 29. Februar hochhalten und fortan als »Tag des Dafürseins« feierlich begehen. Ein Mal in vier Jahren werden wir das wohl schon schaffen.

PRO

Bidet

Im Sommer 1976 hatten mein Bruder und ich Interrail-Tickets, aber kein Geld. Also hielten wir uns in Zügen auf. In London wollten wir erstmals wieder schlafen, doch die Jugendherbergen waren »complete«. England konnte uns somit gestohlen bleiben. Wir fuhren zurück nach Paris. Am Bahnhof irrten wir herum, womit es sich Frankreich bei uns verscherzt hatte. Wir fuhren nach Madrid. Dort war es uns zu heiß: Spanien konnte uns. Wir fuhren nach Lissabon. Dort war kein freies Zimmer billig genug. Mein Bruder vermisste seine Freundin, ich hatte keine. Wir waren todmüde und trübsinnig. Nach Portugal gab es nur noch den Atlantik. Wir hatten bereits drei Nächte kaum geschlafen. Der letzte Zug brachte uns nach Porto. Dort waren keine Zimmer frei. Wir wollten in einer Kneipe Coca-Cola bestellen, schliefen aber nach »Coca« ein. Eine Portugiesin weckte uns auf. Sie hatte Mitleid, schnappte uns und suchte für uns Unterkunft. In einem Fünf-Stern-Hotel gab es ein Zimmer. Irgendwer beglich die Rechnung. Wir betraten die Suite und fühlten uns wie Fürstenkinder im Valiumrausch. Im Badezimmer standen Porzellanbecken in allen Größen und Höhen. »Zu was ist das?«, fragte ich angesichts eines extrem tief liegenden WCs ohne Deckel. »Weiß nicht«, erwiderte mein Bruder. »Ich glaub, zum Füßewaschen«, sagte ich. – Und so taten wir. Zum Duschen waren wir schon zu müde. Dann schliefen wir einen Tag und zwei Nächte.

Zugegeben, das war jetzt haarscharf an einer Themenverfehlung vorbei. Aber ich liebe dieses niedrige, halbierte, dotterlose Riesenei. Es weckt Erinnerungen. »Bidet« heißt das Ding?

CONTRA

Digitaluhren

Uhren sind wichtig. Ohne sie gäbe es kaum noch Firmlinge. Man würde nie genau wissen, wie spät es ist. Zugegeben, auch ich habe dreißig Jahre gebraucht, um den tieferen Uhrzeigersinn zu verstehen. In der Kindheit zählte nur die Uhr, die man nicht hatte, und keinesfalls die Zeit, die ohnehin verging. Uhren mussten drei Stückeln spielen: Sie mussten wasserdicht, kratzfest und stoßsicher sein.

Psychoanalytisch gesehen sind jene, die sich heute Digitalfestungen mit Soundstudios, Alarmeinrichtungen und Klein-Las-Vegas-Leuchtanlagen um ihre Armgelenke schnallen, in der Uhrzeit der Kindheit stehen geblieben. Heute erfreuen sie sich an der Möglichkeit der elektronischen Blutzuckermessung in 8.377 Metern Seetiefe.

Meine Einstellung: Eine Uhr braucht keine Einstellung. Eine Uhr braucht keine Gebrauchsanleitung. Eine Uhr darf keine Zeit in Anspruch nehmen. Eine Uhr muss nichts können. Eine Uhr muss sein. (Pünktlich.) Sie muss freimütig herzeigen, wie spät es ist. Dafür benötigt sie exakt drei Zeiger. Okay: Sie darf schön sein. Wer sie sieht, darf sagen: Pffo! Wahnsinnsuhr! Irre Marke! Sicher urteuer! Muss ein toller Typ sein, der sie trägt ... Aber schweifen wir nicht vom Thema ab.

PRO

Dekolletee

Dekolletees? – Bin ich dafür. Jede Frau soll sich ausschneiden, was sie will. Jeder Mann soll sich davon abschneiden, was er darf. Wenn ihr »rückenfrei« passt und wenn sie sich wohl dabei fühlt, soll sie's tragen. Wenn ihr »rückenfrei« nicht passt und wenn sie sich wohl dabei fühlt, soll sie's tragen.

Wenn sie auszugsweise etwas von ihrem Busen der breiten (und demnach breit blickenden) Öffentlichkeit zugänglich machen will – sie wird sich der Schaulustigen nicht erwehren können. Dass diese Körperregion – ob steil oder sanft – es den Männern besonders antut, brauchen wir hier nicht zu diskutieren. Wenn sie die Nabelprobe macht, darf sie damit rechnen, dass jeder zweite Beschauer mehr oder weniger sabbernd oben hineinkippt. Wenn ihr dies gefällt und sie sich dabei gefällt, soll sie's tun. Wenn ihr dies nicht gefällt und sie sich dabei gefällt, soll sie's abwägen. Wenn ihn stört, dass ihr gefällt, dass sie ihn dabei erwischt, wie es ihm gefällt, muss er wegschauen.

Mich selbst erfreuen gute Ausschnitte, wie im Film, so im Buch, so in der Mode. Aber der zwanghaft freigelegte Zeta-Jones-Junk, der da mehrmals wöchentlich aus den Titelseiten der Hochschwanzmagazine hervorquillt, der ist wirklich nicht mehr anzusehen.

CONTRA

Wickie, Slime & Paiper-Kult

Im Wellenbecken des berühmten Favoritner Laaerbergbades, wo ich als Kind (der beginnenden siebziger Jahre) viel Chlorwasser schlucken musste, weil ich nach der Schrift sprach, was die anderen Kinder dort nicht vertrugen (weil sie's nicht verstanden), nun im Wellenbecken des berühmten Laaerbergbades gab es zu jeder vollen Stunde – die Wellen, was sonst. Die Wellen sind legendärer als der gesamte Rest-Paiper-Slime, der nun aufgeregt bis orgiastisch abgefeiert wird. (Übrigens waren die weißen Brauseringerln innerhalb der bunten Fizzers-Stangerln die absolut besten. Die grünen waren auch ganz gut, schmeckten aber ein bisschen nach Waschmittel.)

Bei den Wellen lernte ich, wie man sich im Leben behauptet, ohne die Ellbogen einzusetzen: gar nicht. Folglich versuchte ich, der kreischenden Kindermeute auszuweichen und schwamm an den Beckenrand, wo man im Tiefen stehen konnte. Auch wenn Kinder mitunter erwachsen werden – die Gesellschaft verteilt sich bis heute wie im Wellenbecken des Laaerbergbades. Ganz vorne die Geier, die Wellen schon im Ansatz ersticken. Dahinter die Perfektionisten, die stets auf den höchsten Wellen reiten. Dahinter Leute wie ich. Nie unter den Ersten, nie unter den Letzten, nie in der Mitte. Immer irgendwie seitlich davon. Da hat man den besten

Überblick. Und die Wellen ziehen sanft und behaglich vorüber. Dahinter, wie immer: die Masse. Je seichter ein Becken, desto mehr Menschen waten darin (siehe TV-Quoten). Und was passiert? – Die Wellen beginnen zu brechen, strudeln dahin und schäumen am Ende gar noch hässlich auf.

Wickie, Slime & Paiper war eine schöne nostalgische Welle, die leider brechen musste, damit sie schaumschlagend die breite Masse erreichen konnte. Seitdem nervt sie.

CONTRA

Campingurlaub

Ich bin zwar erschütternde Bilder aus dem Fernsehen gewohnt und dementsprechend abgebrüht. Aber wenn ich einen Campingplatz sehe, reiße ich auch heute noch die Hände vors Gesicht und klage: »Warum nur dieses Elend?« Freunde klopfen mir dann auf die Schulter und meinen: »Komm, krieg dich wieder, die machen das freiwillig!« – »Glaubt ihr?«, frage ich. Aber ich habe es ihnen nie geglaubt.

Natürlich ist Camping mehr als nur ein Zelt. Es ist ein kleines Zeltplätzlein, begrenzt von Wäscheleinchen, mit einem Tischlein und Sesselchen und einem Gaskocherlein und ein paar Inzersdörferchen. Im Umkreis von fünf Metern – zehn zunickende Zeltnachbarn, die einen in nette kulinarische Gespräche verwickeln: »Weinbeuschel?« – »Nein. Gefüllte Paprika! Beuschel hatten wir gestern. Und Sie?« – »Linsen.« – »Mahlzeit!« Camping ist das Gegenteil von Reisen. Es ist chronisches Übersiedeln. Bewegliches Daheimbleiben. Gelebte Notdürftigkeit. Minus eins mit der Natur. Gepflegte Obdachlosigkeit. Kulturfreie Zone. Camping ist ein zusätzliches Methadonprogramm für scheinbar bereits entwöhnte Abenteuersüchtige. Es ist die Antwort auf die Frage: Wozu Urlaub? Und die Frage zur Antwort: Bitte nicht! Dann schon lieber im Büro sitzen und schwitzen.

PRO

Wandern

Am schönsten war es mit fünfzehn. Am Samstag in der Schule sagte jeder von uns: »Sonntagnachmittag? – Kann i leida net, da bin i mit an Habara im Prater, Gokart-Fahren auf der Holzbahn.« Am Sonntag trafen wir dann aufeinander: nicht im Prater, sondern auf der Simmeringer Heide oder am Laaerberg. Spazieren. Mit unseren – Müttern.

Wer als Kind nie familiär spazieren gehen musste, ist zu billig erwachsen geworden. Den Müttern ging es um die »frische Luft«. Uns ging es um den Sinn des Lebens. Er war am Sonntag in der Natur nicht wiederzuerkennen. Wir waren die letzte Generation, die sich auf Montage in der Schule freute.

Von der traumatischen Ödnis des Zwangsspaziergangs gab es zwei Richtungen. Zurück zum Sitzen oder nach vorne zum Wandern. Mich schlug es voraus in die Wälder zu den Heidelbeeren und Eierschwammerln, zog es über Wiesen und Weiden, drängte es auf die Gipfeln zur Aussage: »Ist das nicht ein Ausblick?« (Es war immer einer.) Ich würde den chronisch Daheimbleibenden gerne sagen, wie schön es ist, die Landschaften schleichend an sich vorbeiziehen und die Füße schwer werden zu lassen. Wer wandert, spürt sich von innen nach außen und wieder in sich hinein. Und außerdem: die viele frische Luft.

CONTRA

Luftmatratze

Wer mich (baden) kennt, wird sagen, ich lüge jetzt. Aber man darf ja mit gewissen Kapiteln in seinem Leben auch einmal abschließen, oder? Ich schließe hier und heute mit der Luftmatratze ab, mit dieser aufgeblasenen. Ja, in der Kindheit mag es Leidenschaft gewesen sein. Liebe war es nie. Die Bindung an sie war einseitig (einmal die rote, dann wieder die blaue Seite). Sie roch nach Bessy-Heft, essigsaurer Tonerde und verbranntem Kautschuk, notdürftig mit billigem Nivea-Fusel behandelt wie mein Körper, aber immer hatte sie, die Matratze, die dickere Haut von uns beiden. Und nie gehörte sie mir allein. Immer musste ich sie mit meinem großen Bruder teilen und gegen grausame Feinde zur See verteidigen. Hunderte Male bin ich auf ihr verwest, Hunderte Male unter ihr abgesoffen. – Ohne sie wäre der Wörther See heute mindestens einen Millimeter höher. Zum Glück hatte er Trinkwasserqualität, sonst wäre dieser Text hier nie entstanden.

Später erlebten wir eine zweite gemeinsame Serie von Sommern. Es waren Wochen der vorweggenommenen Frühpension. Sie war meistens durchsichtig rosa und kostete eine erschwingliche Anzahl von Drachmen. Sie schützte mich gegen Sand und Stein und ersparte mir die kräfteraubende Bewegung im Meer. Sie war die Gestrandete, ich ihr Getriebener auf nicht allzu hoher See.

Sie kitzelte mir Wasser unter die Rippen und ließ mich sonst in Ruhe. Mit Sport hatten wir beide nichts am Hut.

Am Ende jedes Urlaubs vergaß ich sie absichtlich am Strand. Nicht einmal die Luft ließ ich ihr aus. Ich konnte sie nicht leiden, glaube ich.

PRO

Gelsennetze

In jedem noch so zarten Tier schlägt eine Art Herz. Und selbst wenn dieses voll gepumpt ist mit dem Blut des Vorgängeropfers, so gilt auch für die Gelse: Sie hat ein Anrecht, da zu sein. Sie übertreibt es dabei ohnehin nicht. Die paar Wochen Leben sollten wir ihr gönnen. Die Natur hat das so eingerichtet, sie wird schon ihre Gründe gehabt haben. Und, weil wir gerade ein bisschen von Anstand und Moral reden: Ist es nicht billig, eine Gelse zu erschlagen? Kann sie sich wehren? – Nein. Kann sie flüchten? – Nein. (Das heißt: ja, aber sie tut es nicht, weil sie kein Hirn hat.)

Nun, wie halten wir es mit den Tieren? – Wir zeigen ihnen ihre Grenzen auf. Wenn der Hund nicht ins Haus darf, schließen wir die Tür. Wenn die indische Laufente rot um den Schnabel ist und im Erdbeerbeet die Erdbeeren fehlen, errichten wir einen Zaun. Wenn der Marder die Bremsleitung durchgesägt hat, äh – stellen wir das Auto in die Werkstatt.

Ja, und wenn uns die Gelse in der Nacht zur Blutspende aufruft, dann spannen wir eben ein Netz um unser Bett – und sie muss draußen bleiben (sofern sie nicht hinter dem Kopfpolster auf uns wartet). Natürlich surrt sie sich den Rüssel aus dem Leib, aber das ist keine Tierquälerei, sondern im Gegenteil: Oft sind die Dinge, die so nah, aber doch unerreichbar sind, die kostbarsten im Leben. So lernt die Gelse Enthaltsamkeit, ehe sie vor vollen Blutgefäßen verdurstet. Sollte sie in der Früh noch am Leben sein, dann aber: Klatsch!

CONTRA

Heizen im Juni

Grillen im Dezember – da bin ich dafür, da wäre ich sofort dabei, da würde ich sogar mein violett-türkis gemustertes Hawaiihemd ausgraben. Grillen zirpen hören im Jänner – damit hätte die Natur endlich wieder ein ihr gebührendes Erlebnis. Grillparzer beiwohnen auf der dampfenden Seebühne im Februar – da würde ich über alle drei Schatten springen. (Seebühne, Autan und Grillparzer). Weintrauben ernten im März – allein dafür lohnte es sich, ein Winzer zu sein. Im 26 Grad köchelnden Ottensteiner Stausee baden im April und sich zur Abkühlung daheim (im Raum Zwettl, ehemals Kältepol) unter die erfrischende Dusche stellen – das machte ich sofort. Im Mai die Regentage zählen (wollen) und auf insgesamt anderthalb Stunden kommen – das ließe ich mir einreden. Im Juli den Hochsommer im Dorf lassen und ab Mitternacht für je sieben Stunden an ein biologisch abbaubares, grippevirenresistentes Schlafkühlaggregat angeschlossen werden – da würde ich mich für Testzwecke zur Verfügung stellen. Im August auf die Schwüle pfeifen und den Frühling neu anstarten lassen – es wäre ein neuer Lebenszweck. Das hieße: Marillenblüte im strahlenden September. Frischer Kirschenkuchen im wärmenden Oktober. Melonenbowle zur Freiluftforelle im nebellos lauen November.

Fehlt dann eigentlich nur noch der Juni. – Heizen?

Habe ich richtig verstanden: HEIZEN IM JUNI? Sie meinen: EINHEIZEN? Verzeihung, revolutionieren wir gerade den gleichen Kontinent?

CONTRA

Übers Wetter reden

Würden die Leute weniger vom Wetter reden, dann würden sie insgesamt ein Drittel weniger reden, das wäre umweltfreundlich. (Außerdem könnten Leute wie ich dann mehr übers Wetter schreiben.) Dramaturgisch reizvoll wäre etwa der »wettergesprächsfreie Tag«, eine Initiative des Bildungsministeriums zur Minimierung der Trivialsprachkultur und Hebung der Geburtenrate in Ermangelung von Gesprächsstoff.

Auf der Parkbank würde sich dann folgende Szene zutragen.

A: Grüß Sie, Herr Nachbar, was sagen Sie zu diesem wundervollen Tag?

B: Wie meinen Sie »wundervoll«? A: Ich meine, dass man im Herbst noch ... (Unterbricht sich.)

B: Hier sitzen kann! Ja, die Bank ist angenehm. Eine Holzbank.

(Beide betrachten die Bank. Pause.)

A: Der Sommer heuer war ja ...

B: Wie meinen Sie?

A: Ein ... äh ... richtiger Kultursommer. Viele Veranstaltungen, auch im Freien, weil ...

B: Weil was?

A: Weil dort die Bühnen waren.

B: Richtig. Im Freien werden immer mehr Bühnen gebaut.

A: Aus Holz.

B: Aus gutem, stabilem Holz. (Pause.)

A: Das wird heuer sicher ein strenger Wi...

B: Wie bitte?

A: Ein strenger ... äh ... Wirtshausgeruch. Dagegen bin ich allergisch.

B: Sitzen Sie deshalb hier?

A: Ja, kann man sagen. Und warum sitzen Sie hier?

B: Um die letzten Sonnenstrahlen ...

(B erschrickt, A lacht schadenfroh, C, uniformiert, tritt hinzu.)

C (zu B): Habe ich »Sonnenstrahlen« gehört? – Ihren Ausweis, bitte.

A: Ja, Herr Wetterinspektor, er hat »Sonnenstrahlen« gesagt, ich kann's bezeugen.

C: Das gibt ein saftiges Organstrafmandat!

PRO

Wetterbericht

Würde es keine Wetterberichte geben, müsste man sie erfinden (was ohnehin fast täglich geschieht). Nichts interessiert uns brennender als die Sonne, wo sie gerade steckt, was sie in ihrer Freizeit (mit uns) tut und ob es ihr sonst gut geht. Außerdem hat sich das erfreulich eingespielt, dass man uns immer schon vorher verrät, wie das Wetter geworden wäre, wenn es sich so entwickelt hätte, wie es sich abgezeichnet hatte. Das gibt uns das Gefühl, dabei zu sein, wenn es anders kommt.

Das Wetter ist ja quasi der Unterbau der menschlichen Befindlichkeit. Wir Österreicher sind davon besonders betroffen. Wir brauchen dringend alle paar Minuten Statistiken über kurzzeitige Abschnitte und langjährige Durchschnitte, die uns das klimatische Elend verdeutlichen. Österreichs Wetter erfüllt nämlich alle Voraussetzungen für eine tief traumatische Lebensbegleitung: zu lang zu kalt, und wenn einmal warm, dann viel zu heiß, und das auch noch zu kurz. Der Wetterbericht ist gelebte Psychoanalyse. Die Therapeuten von der Hohen Warte werfen uns Zahlen, Kurven und Satellitenbilder hin. Wir können zwar nichts daran ändern. Aber wir können versuchen zu verstehen. Und wenn wir einmal verstehen, dann können wir vielleicht auch irgendwann verzeihen.

Erst Wetter macht Urlaub

Mitte Jänner. Höchste Zeit für vier existenzielle Fragen an das Jahr 2003: Wohin wollen wir? Wie lang darf es dauern? Wie viel darf es kosten? Und was soll es bringen?

Ich behaupte: Es ist völlig egal, wohin wir reisen. Wichtig ist nur, dass wir nicht daheim bleiben. Reisen hat vor allem den Sinn, dass wir einmal woanders als dort sind, wo wir immer sind, denn wenn wir nie fort sind, können wir niemals zurückkehren, und dann wissen wir nie so recht, von wo wir herkommen und wo wir hingehören.

Reisen hat aber noch einen zweiten Sinn, der ebenfalls nichts mit dem Zustand und der Entfernung des Reiseziels zu tun hat. Das heißt: Wir hinterlassen Honolulu im Prinzip nicht besser erholt als Hamburg. Kap Hoorn macht uns im Grunde nicht glücklicher als Horn. (Okay, diese Behauptung ziehe ich zurück.)

Ob Rocky Mountains oder Klöcher Weinstraße, ob Kreta oder Kleintal, Melbourne oder Mürzzuschlag, ob Eastern-Orient-Express von Bangkok nach Singapur oder ÖBB-Postbus von Purkersdorf nach Pressbaum. – Für ein Gelingen des Urlaubs sind immer nur zwei zuständig. Erstens wir selbst. Und zweitens – DAS WETTER.

Meine Theorie: Egal wohin wir reisen, wir reisen wegen des Wetters, gegen das Wetter, für das Wetter, dem Wetter davon, ins Wetter hinein und letztendlich wieder zum Wetter zurück. Ja, unser Urlaub steht und fällt mit der klimatischen Begünstigung. Der Rest ist unerheblich und austauschbar. Verstehen Sie mich nicht falsch. – Natürlich gibt es Kultururlauber. Das sind Menschen, die Ausgrabungsstätten dreihundert Kilometer gegen den Wüstensand riechen und unbedingt (auch) dort gewesen sein müssen. Aber es sind nicht die Steine und Knochen alleine, die den Besuch zum prähistorischen Erlebnis werden lassen. Es sind jene 35 Grad Celsius, die die Sonne den Beschauern aufs Hirn drückt und unter die T-Shirts und Bermudas klatscht. Erst die Hitze und die chronische Gefahr des Verdurstens in der Steppe fern der Hotelpool-Bar macht aus Touristen Archäologen. Nur so verdienen sie sich die scheinbar belanglose Erfrischung danach im Meer. Oder nehmen wir das Museum. Natürlich, wir alle gehen gern dorthin. Wir brauchen nur etwas Geduld. Drei Tage heizen wir uns auf. Am vierten weckt uns die dunkle Vorahnung, dass es soweit sein könnte. Ein Blick aus dem Apartmentfenster bestätigt: Es hat zugezogen. Das heißt: Die Art, National oder Natural Gallery kriegt ihre Chance. Und danach vielleicht auch noch das Common irgendwas Museum. Wenn wir mit der Beinarbeit in den Schauräumen fertig sind, sollte es draußen aber bitte aufgerissen haben. Reißt es nicht mehr auf, tritt irgendwann der museale Kulturschock ein. Wir fühlen uns in die Zeit der Schulexkursionen zurückversetzt und beginnen das Programm zu schwänzen. Man findet uns dann im Bett vor dem Zimmer-TV, und wir ernähren uns von Erdnüssen aus der Minibar. Je nach Zivilisation und Exotik gibt es vielleicht sogar einen Pizza-, Kebab- oder Sushi-Dienst. Wenn wir urlauben, als wären wir daheim, haben wir resigniert, ohne es zu bemerken. Schuld daran ist – wie immer – das Wetter.

Nicht viel anders verhält es sich bei Sportreisen. Welch ein Wunder, dass es noch immer Skiurlauber gibt! Denn vergnüglich ist diese Betätigung nur bei idealen äußeren Bedingungen. Das heißt: Neuschnee am Boden, kein neuer Schnee aus der Luft, kein Nebel, kein Eis, kein Regen, kein Föhn, keine Wolken, sondern: Sonne, nicht zu stark, nicht zu schwach, nicht zu warm, nicht zu kalt. In den Alpen gibt es jährlich nicht mehr als zehn solcher Tage. Und dann ist auch Deutschland vollständig versammelt.

Der Sinn einer Fernreise liegt im Wechsel der Jahreszeit, im Verkürzen des Winters und Strecken des Sommers. Die Sonne muss entweder noch immer beständige oder bereits erstaunlich kräftige Wärme ausstrahlen. Daheim muss es zur gleichen Zeit »für diese Jahreszeit zu feucht und kühl« oder »der Jahreszeit entsprechend« saumäßig zugehen. Nur Reise-Rebellen und Zyniker begeben sich vom kontinentalen Klima freiwillig in ein noch unangenehmeres. Erstaunlich, dass man doch immer wieder von Bekannten durchaus schwärmerisch erfährt, dass sie in Moskau, Oslo oder Helsinki gewesen sind und selbst Fjorde und Wattenmeere im gelben Trenchcoat nahezu lichtlos überstanden haben. Ihre Empfehlungen, es ihnen gleichzutun, sollte man aber nicht allzu ernst nehmen. Reisende entwickeln extreme Schadenfreude, wenn ihr eigener meteorologischer Ur-Instinkt erschüttert wurde.

Ein Urlaub kann aber auch leicht zu heiß geraten. Geradezu fahrlässig agiert ein Reisender, der Österreich im Juli und August verlässt, um den Süden aufzusuchen. Wozu? Nächte, die nicht abkühlen, senken die Lebenserwartung und den Mut für den Büroalltag danach. Tagestemperaturen über 30 Grad sind reine Verschwendung jener Energie, die uns in den zweieinhalb bis drei kalten Jahreszeiten zum Antrieb fehlt.

Zugegeben, man muss erst ein gewisses Alter erreichen um zu bemerken, was einem wirklich gut tut. Es sind Temperaturen zwischen 20 und 25 Grad Celsius und eine Sonne, die sich nicht zu schade ist, sieben bis zehn Stunden am Tag in Sicht- und Körperkontakt zu einem zu bleiben. Dann brauchen wir nur noch eine Piazza Garibaldi, einen kleinen runden Tisch mit Ausblick auf den Palazzo Grassi, einen Espresso, ein Acqua Minerale (mit Gas), einen Reiseführer »Anders Reisen« und die Gewissheit, dass es daheim zur selben Zeit wie aus Schaffeln schüttet. Das ist Urlaub.

Ein Wetter kommt

Heute ein neues Wettermodell, fernab der strapazierten Gegensätze von gut und schlecht. Beim Wetter lässt sich auch unterscheiden, ob es eines ist, das ist, oder eines, das kommt. Ähnlich bei uns Empfängern: Die einen beurteilen ein Wetter danach, ob es gerade vorherrscht, die anderen, ob es im Begriffe ist, sich einzustellen. Daraus ergeben sich vier Konstellationen:

1. Trifft ein Typ, der ein Wetter nur spürt, wenn es ist, auf ein Wetter, das tatsächlich ist, gibt es weder Umschwünge noch Überraschungen. Winter und Sommer scheinen nie zu enden. Völlig sinnlos, dass so ein Mensch in Österreich lebt.
2. Trifft ein Typ, der immer bereits das Wetter vor Augen und im Blut hat, das kommt, auf ein Wetter, das tatsächlich kommt, herrscht professionelle Anpassung. Das sind die scheinbar Kranken, die man in der Früh bei Sonnenschein mit Regenschirmen sieht. Und ein paar Stunden später sind sie die einzigen Trockenen.
3. Trifft ein Typ, für den Wetter immer das ist, was erst kommt, auf ein Wetter, das bereits ist, flucht er über die miese Prognose.
4. Trifft ein Typ, der nur das Wetter sieht, das ist, auf ein Wetter, das erst kommt, sagt er: »Ich glaube, es kommt ein Wetter.« Aber er irrt. Denn es ist bereits da.

Man trifft sich (I)

Der Februar in Wien spielt sich hauptsächlich in den U-Bahnen ab. In der U-Bahn wird viel geredet. Immer mehr Fahrgäste unterhalten sich mit ihrem Handy. Um die Wortkargheit der Geräte zu kompensieren, sprechen sie besonders laut, manchmal über die Grenze der Lärmbelästigung hinweg.

Oft geschieht es auch, dass alte Bekannte, die einander nie begegnet wären, hätten sie es sich aussuchen können, plötzlich nebeneinander stehen. Die Umgebung erfährt dann, wo beide zuletzt auf Urlaub waren und wie gut oder schlecht sich der Euro auf sie eingestellt hat. Am Ende des Gesprächs ist die Herzlichkeit derart überschäumend, dass man nicht umhinkommt, einander auf die Möglichkeit vorzubereiten, dass es geschehen könnte, dass man einander wieder begegnet, ohne es dem Zufall überlassen zu haben. Einer sagt: »Treff' ma uns einmal!« Der andere: »Unbedingt!« Im besten Fall hält der Zug, und einer muss aussteigen. Im schlimmsten Fall: beide.

Man trifft sich (II)

Thomas Bernhard ist zwar lange schon tot. Aber noch immer stellt sich beinahe täglich die Frage, wie man seinen Mitmenschen aus dem Weg geht. Zum Beispiel: Wie macht man einander nach einer unfreiwilligen Begegnung, am Ende eines unabsichtlichen Gesprächs, klar, dass es für längere Zeit das letzte gewesen sein sollte, ohne einander die Illusion einer guten Bekanntschaft zu rauben?

Wir haben hier bereits eine klassische Antwort gefunden: »Treffen wir uns einmal!« Sie bedeutet: »Bitte nicht!« Erwidert der andere: »Unbedingt«, will er es noch weniger. Erfolgversprechend ist die Ankündigung: »Man sieht sich!« Sie heißt: »Niemals freiwillig!« Um die Höflichkeit auf die Spitze zu treiben, wähle man: »Ruf ma uns z'samm!« Der andere kontert: »Die Nummer hast du ja.« (Vorsicht: Hat einer der beiden zu offensichtlich Job oder Wohnung gewechselt, ist ein zeit- und kräfteraubender Austausch von Visitenkarten die Folge.) Kennt man einander so gut, dass ein Treffen arrangiert werden muss, so trete man die Flucht nach vorne an und entscheide sich für: »Gehen wir einmal auf einen Kaffee!« Damit wäre die Gefahr, dass es wirklich soweit kommen könnte, auch schon gebannt.

Gesteigertes Verbot

Was verboten ist, ist verboten. Oder was sagen Sie? – Stimmt nämlich nicht. Was verboten ist, ist nur nicht sehr erlaubt. Nehmen wir etwa den Austro-Klassiker: »Betreten des Rasens verboten.« Heißt das, dass der Rasen nicht betreten werden darf? – Ja. Heißt das, dass der Rasen nicht betreten wird? – Nein. (Sind wir in der Schweiz? Nein!)

Ein heimischer Rasen, der nicht betreten werden soll, schreit nach der ersten austrogermanistischen Steigerungsstufe von »verboten«: »Betreten des Rasens streng verboten.« Es bedeutet, dass der Rasen wirklich nicht betreten werden soll. Wird er aber auch wirklich nicht betreten? – Nein. (Sind wir in Japan? Nein!)

Ein inländischer Rasen, der nicht betreten werden soll, darf »in keiner Weise« betreten werden. Das ist natürlich zu wenig. Wir brauchen eine Steigerung von »keiner Weise«. In »keinerer Weise« klingt holprig. Also steigern wir: »In keinster Weise.« Ein österreichischer Rasen, der »in keinster Weise« betreten werden darf, lechzt nach der zweiten austrogermanistischen Steigerungsstufe von »verboten«. – »Betreten des Rasens strengstens verboten.« Wird er deshalb in keinster Weise betreten? – Nein. Wurscht. Österreichisch ist schön.

Girlandomanie

Während der Winter bemüht ist, sich noch einmal ordentlich zu übergeben, ziehen die Großereignisse der Saison über uns hinweg oder streifen uns via TV netzhautnah: Olympia. (Dabei sein ist alles.) Opernball. (Daheim bleiben ist mehr.) Fasching. (Daneben sein ist menschlich.) Aber auch das hat ein Ende. Der Aschermittwoch, der mit Abstand lustigste Tag aus dieser Serie, ist in Griffweite. Man muss sich nur noch durch die Papierschlangen und Girlanden kämpfen. Eine der größten nicht gefeierten Weltsensationen der Unterhaltungskulturindustrie ist nämlich der Wandel des Faschingsschmucks im Laufe der vergangenen vier Jahrzehnte. Dieser Wandel ist – niemals eingetreten.

Aus einem psychoanalytisch noch nicht aufgearbeiteten Wiederholungszwang heraus müssen wir der Reizarmut unserer östlich angehauchten Kindheit Jahr für Jahr das gleiche erschütternde Denkmal setzen. Wir nehmen die zeitlos übelfarbenen Bänder und Ziehharmonikas und verwüsten damit Tausende Raumquadratmeter Wohnfläche, als wäre Design nie gewesen. Jahresgehälter fließen in Möbelhäuser, damit wir uns daheim wohler fühlen. Und dann versauen wir uns die Innenarchitektur mit Steinzeit-Krepppapier.

Frauenanteil

Tage der Frauen gibt es viele. Nun folgen Taten. Genießen Sie den Text einer dem Amtsblatt entnommenen Stellenausschreibung: »Die Paris-Lodron-Universität Salzburg strebt eine Erhöhung des Frauenanteils an und lädt daher qualifizierte Frauen nachdrücklich zur Bewerbung ein. Bei gleicher Qualifikation werden Frauen bevorzugt aufgenommen. Reise- und Aufenthaltskosten, die aus Anlass des Aufnahmeverfahrens entstanden sind, werden nicht vergütet. Ihre schriftliche Bewerbung unter Angabe der Geschäftszahl der Planstellenausschreibung richten Sie mit den üblichen Unterlagen, Lebenslauf und Foto bis 27. März an die Universitätsdirektion.

Universitätsbibliothek GZ A 0013/1-2002: An der Universitätsbibliothek gelangt die Planstelle h5 mit zwei halbtägig beschäftigten Reinigungskräften ab nächstmöglichem Zeitpunkt zur Besetzung. Aufgabenbereich: Reinigungsarbeiten in der Hauptbibliothek. Anstellungsvoraussetzungen: Kenntnis verschiedener Reinigungstechniken, -geräte und Pflegemittel, von Vorteil ist Berufserfahrung im Reinigungsbereich.«

Dieser Tage endet die Bewerbungsfrist. Ohne dem Ergebnis vorgreifen zu wollen: Der Frauenanteil an der Uni dürfte sich erhöhen.

Maidüfte

Das Angenehme am Mai ist, dass er auffallend gut riecht. Das ist freilich keine Kunst, sondern Natur. Es blüht ja, mit Ausnahme von Litfaßsäulen, derzeit alles, was in der Erde steckt.

Fein duftet es auf dem Lande (in düngerfreien Zonen). Wenn man dort länger zugegen war und man findet sich plötzlich wieder in Wien, weiß man sofort, was einem abgegangen ist: nichts. Um letzte Zweifel zu zerstreuen, steige man in eine U-Bahn. Auch dort ist Mai, wenn auch strenger.

Es ist schon erschütternd. Täglich wird irgendwo auf der Welt ein neues Duftöl aus einer bis dato unbekannten Pflanze gequetscht und abgefüllt. Jede noch so exotische Blüte hat ihr eigenes Gel, wobei der Trend zu Vorduschgel (für hautanregendes Duschen vor dem Duschen) und Nachduschgel (für hautabregendes Duschen nach dem Duschen) geht. Es gibt nicht enden wollende Produktserien feuchter, rollbarer Riesenlitschis (oder marinierter Tischtennisbälle). Es gibt geruchsneutralisierende Berg-, Tal-, Meer- und bald auch Wüstenkristalle. Das Angebot reicht gut und gern für drei Milliarden Achselhöhlen.

Was nützt es? Nichts. Ein paar Dutzend Totalverweigerer finden sich immer – im Mai in der U-Bahn.

Polizeianhaltezentrum

Vor einigen Tagen erreichte uns die aufwühlende Agenturmeldung: »Polizeigefangenenhäuser durch Ideenwettbewerb abgeschafft.« Erster Verdacht: Da muss es einen Wettbewerb gegeben haben, bei dem Ideen gesammelt wurden, was man abschaffen könnte. Einer muss gesagt haben: »Polizeigefangenenhäuser!« Die Jury: »Gute Idee, schaffen wir ab!« (Von Alternativideen ist leider nichts bekannt. Vielleicht hat einer vorgeschlagen: »Konditoreien.« Jury: »Schlechte Idee!« Oder: »Jugendgerichtshof.« Jury: »Bravo!« Aber das ist Spekulation.)

Bei näherem Hinsehen erkannten wir, dass die »Polizeigefangenenhäuser« im Agenturtitel unter Anführungszeichen gesetzt waren. Das heißt: Nur der Name sollte abgeschafft werden, nicht die Häuser. Um die neue Bezeichnung zu ermitteln, gab es den Ideenwettbewerb. Ein Jahr lang wurden Ideen gesammelt. Umso mehr Gewicht fällt auf die Sieger-Idee. Sie lautet: »Polizeianhaltezentrum«. Klingt sympathisch: Verdächtige werden von der Polizei dazu angehalten, im Zentrum zu verweilen, bis sich der Verdacht gegen sie erhärtet oder aufgelöst hat. Großartig. Damit hat man Polizeiübergriffe wohl für immer abgeschafft.

Durchgeknallt

1. Keiner will es sein. Viele sind es. Alle sagen es: durchgeknallt. Wieder eines dieser Modewörter, wie sie derzeit »am Stück« produziert werden. Pausenlos durchknallt es die Gesellschaft. Mag sein, dass unser Sprachschatz bereits geplündert ist. Und jetzt stürzen wir uns wie durchgeknallt auf die letzten Exemplare scheinbar origineller Kreationen.
2. Einer, der sich aufopfernd um Sprachvielfalt bemüht, ist der PC, zumindest jener von Leserin Elisabeth. Sein Rechtschreibgehirn versah ihr Wort »Zuseherschaft« mit einer roten Welle der mangelnden orthografischen Begeisterung. Als Alternativen empfahl er Zuseherrschaft, Zusehererbschaft, Zuseherschuft und Zuseherschaf.

Nun gibt es zwei Möglichkeiten:
a) Ein Zuseherschuft ist einer, der im Kino im spannendsten Moment mit der Chipspackung raschelt. Ein Zuseherschaf ist ein williges Opfer einer Quotensau, die sich anschickt, die Zusehherrschaft im Lande zu übernehmen, um für Kinder von Zuseherschafen demnächst eine Zusehererbschaftssteuer einzutreiben.
b) Elisabeths Computer ist durchgeknallt.

Feuer im Griff

Gerd fuhr jüngst mit der Linie U3 Richtung Ottakring. (So beginnen große Geschichten.) In der Station Schweglerstraße fällt sein Blick auf einen brennenden Mistkübel. Gerd steigt aus, ergreift den Feuerlöscher und erstickt die Flammen. Eine Rußwolke zieht über den Bahnsteig und verlässt (mit den meisten Passanten) die Station. Gerd meldet den Vorfall der Stationsleitung. Kurze Zeit später erscheint ein entspannter Bediensteter der Wiener Linien mit einer Wasserflasche in der Hand, erfasst die Situation und murrt: »Na super, danke, jetzt kömma den Reinigungsdienst holen!« Der gebrandmarkte Löscher entgegnet: »Hören Sie, der Kübel war unbeaufsichtigt. Ich konnte ja nicht wissen, dass da schon wer unterwegs ist, um den Brand zu bekämpfen.« Darauf der Bedienstete: »Es ist immer wer unterwegs.« Sagt es, nimmt den Feuerlöscher und geht.

Diese Geschichte schreit nach einer Moral für uns Fahrgäste: Entdecken wir in einem U-Bahn-Schacht Feuer, so lassen wir es brennen! Es besteht kein Grund zur Sorge. Und sollte es aus fünfzehn Mistkübeln gleichzeitig qualmen, so heben wir unsere Daumen zur öffentlichen Wertschätzung. Die Wiener Linien haben alles im Griff. Bei denen ist immer wer unterwegs.

Mieselsucht (I)

In Österreich, dem Land der trüben Gesichter, darf es einem alles: nur nicht gut gehen. Nichts demütigt tiefer, als offen ins Gesicht gesagt zu bekommen: »Dir geht's gut!« Wer sich das nachsagen lassen muss, steht am Rande der sozialen Ächtung und volksmentalen Ausgrenzung.

Es gilt also rigoros zu verhindern, dass jemand auf die Idee kommen könnte, man sei einer, dem es gut geht. Denn wem es hier einmal gut geht, dem geht es bereits zu gut für hier, und er sollte besser das Weite suchen, welches er in Österreich kaum finden wird, außer im Waldviertel. (Das war wieder so eine berühmte Schleichwerbung.)

Nun, wie verhindert man, dass man den Anschein erweckt, es gehe einem gut? Ganz einfach. Erstens: Man lacht nicht, und wenn, dann nur aus Schadenfreude oder Selbstironie, weil's einem scheinbar so schlecht geht, dass es auch schon wieder wurscht ist. Zweitens: Man jammert, und zwar öffentlich mündlich, oder chronisch, mit tiefen Stirnfalten und schiefen Mundwinkeln im Gesicht. Drittens: Man behauptet über jeden, der sich diesbezüglich nur irgendwie verdächtig macht: »Dir geht's gut!« Damit hat man alles über den eigenen Zustand verraten. Und über den nationalen sowieso.

Mieselsucht (II)

Etwas weniger brutal als öffentlich ins Gesicht geschmettert zu bekommen, dass man ein Verräter der Volksseele sei, dass man einer sei, dem es wider die Natur des Österreichers gut gehe (»Dir geht's gut!«), etwas weniger brutal ist das landesübliche: »Gut schaust aus. Wie geht's dir?« Die Suggestivkraft dieser Frage ist zwar erdrückend, aber hier bietet sich ein akzeptabler Ausweg an. Man erwidert: »Danke, ich darf mich nicht beklagen.« Oder kürzer: »Ich darf nicht klagen.« Es bedeutet: Man würde natürlich gern klagen, weil man ein Österreicher ist, weil man es gelernt hat, weil man damit die Klagerufe der anderen übertönt oder relativiert, weil die anderen nicht zu glauben brauchen, ihnen alleine gehe es schlecht, sie alleine hätten ein Klagerecht. Man würde also selbst gern klagen, aber es ist einem nicht vergönnt. Man gibt zwar sein Bestes, damit es einem nicht so gut geht, wie die anderen es gerne hätten, damit es ihnen unverkrampft viel, viel schlechter gehen kann. Aber letztlich geht es einem doch zu gut, um sich zu beschweren. So sagt man: »Ich darf mich nicht beklagen.« – Und man erntet dafür aufrichtiges Beileid. Denn wer sich im November nicht beklagen darf, dem muss es wirklich dreckig gehen.

Mieselsucht (Ende)

Die hier beschriebene Sorge des Österreichers, dass es seinem Nächsten schlechter gehen könnte als ihm selbst, hat einige Leser dazu veranlasst, sich diesem heiklen Saisonthema zu widmen. Walter P. legt Wert auf zwei Feststellungen: Erstens ist er Steirer. Zweitens ist die Mieselsucht keine österreichische, sondern eine Wiener Krankheit. Der Erreger nistet in U-Bahn-Haltegriffen, ernährt sich von Streusplitt und Zebrastreifen und freut sich auf die ersten Dachlawinen.

Manche Leser beschäftigt der alltägliche Umgang mit der Formel: »Wie geht es dir?« Raimund K. pflegt als Entgegnung ein gnadenloses »Gesundheitlich danke, finanziell bitte«, mit aufgehaltener Hand. Edi G. erinnert sich an Armin Thurnhers Antwort auf die Frage: Wie geht's? – »Danke, ich kann nicht klagen. Ich werde geklagt.« Ernestine T. hat am Meidlinger Markt folgendes Gespräch einer Strumpfverkäuferin mit einer Kundin gehört: A: »Na, wie geht's?« B: »Was soll ich Ihnen sagen?« A: »Mir brauchen S' nix erzählen.« B: »Ich sag's ja.«

Susanne G. leidet unter der Zulässigkeit des Dialogs: A: »Geh, frag mi amal, wie's mir geht.« B: »Wie geht's dir?« A: »Geh bitte, frag mi net!« – Auch so kann Mieselsucht entstehen.

Unser Weg

Vergangene Woche ist ein kluger Satz in und über Österreich gefallen. Er besteht aus zwei Teilen, die sich inhaltlich ergänzen, indem sie sich widersprechen, aber nicht so sehr, dass sie nicht in inländischer Eintracht nebeneinander bestehen könnten. Der Hauptsatz baut eine zweckoptimistisch gesättigte Illusion auf, mit der es sich in Österreich sehr gut ewig leben lässt. Wir kennen die Formulierung aus der (jeweiligen) Regierungspolitik, deren Herzschrittmacher sie ist.

Der zweite Teil begeht den landesüblichen Fallrückzieher. Der zu hoch gegriffene Stolz bricht in sich zusammen und weicht der Mühsal einer desillusionierenden Prognose. Der Mann, der den Satz aussprach, hatte sich (und das ist seit Jahren seine Stärke) nicht sehr viel dabei gedacht. Er war am Ende des ersten Satzteils über die sich abzeichnende positive Aussage offenbar so sehr überrascht, dass er sich sprachreflexartig darauf besann, ein Österreicher in Österreich zu sein, noch dazu der Trainer der österreichischen Fußballnationalmannschaft.

Hans Krankl sagte: »Wir sind auf dem richtigen Weg, der aber zirka 30.000 Kilometer lang ist.« Damit hat er sein Land definiert.

Zu gute Sieger

Am Sonntag ist WM-Finale – mit geteilten Sympathien. Zieht man die Einwohner Deutschlands von der Weltbevölkerung ab, kommt man auf die Zahl jener, die sich freuen, wenn Brasilien Fußballweltmeister wird. Oder anders formuliert: Kaum einer vergönnt den Deutschen den Titel so sehr wie ... Verzeihung, jetzt fällt uns gerade kein Name ein.

Warum schaffen wir es einfach nicht, zu den Deutschen zu halten? Was macht diese Mannschaft so beeindruckend unsympathisch? Hier ein paar Antworten.

1. Schlechte Verlierer sind entgegen der landläufigen Meinung nicht jene, die es trotz großer Routine schlecht können (wie z.B. die Österreicher), sondern jene, die es aus Prinzip nicht tun. – Die Deutschen.
2. Noch unerträglicher als schlechte Verlierer sind zu gute Sieger. – Die Deutschen. Für sie ist eine Niederlage eine Naturkatastrophe und ein Sieg eine glimpflich verlaufene Niederlage.
3. Schießt ein Deutscher ein entscheidendes Tor, so ist er traurig oder wütend. Traurig, weil es früher oder schöner hätte erzielt werden können. Wütend auf diejenigen, die es ihm nicht zutrauten oder vergönnten.
4. Sind Deutsche erfolgreich, dann sind sie, was sie gelernt haben. Warum sollen sie sich darüber freuen?

Scharf wie Chili, kurvig wie Shelly

Es wird Ihnen schon aufgefallen sein, dass nicht in allen österreichischen Tageszeitungen alle abgebildeten Menschen immer vollständig bekleidet sind. Das ist weder Zufall noch Schlamperei. Wir haben das überprüft.

In der »Krone« lauert uns seit vielen Jahren täglich (außer in der Advent- und Fastenzeit) je eine Nackerte auf. Oben hat sie überhaupt nichts an, unten wenig.

Was (außer Gewand) die jungen Frauen in Massenblättern verloren haben, weiß man nicht genau. Irgendwie hat man den Eindruck, sie wollten etwas von sich oder vom Leben erzählen. Irgendwie auch wieder nicht. Viele Leser begnügen sich mit der Tatsache, dass es sie gibt, und blättern weiter. (Es soll aber hohe Dunkelziffern vornehmlich reiferer Männer geben ... Aber lassen wir das.)

Kaum einer findet es der Mühe wert, den jeweiligen Beipacktext zu studieren, mit dem die Fotos serienmäßig ausgestattet sind. Das ist unendlich schade. Denn wir übertreiben nicht, wenn wir behaupten: Bei diesen Bildtexten handelt es sich um österreichisches Kulturgut. Es sind authentische Kurzgeschichten über junge Frauenpersönlichkeiten, voller Anmut und Kraft. Stilistisch spannungsgeladen am Grat zwischen Poesie und Gebrauchsanleitung. Wir wollen heute eine kleine Würdigung vornehmen.

Den »Krone«-Ausgaben der vergangenen Wochen haben wir besonders herausragende Bildtexte entnommen; sie wurden in Gruppen eingeteilt und interpretiert. Kriterien der Bewertung: Tiefe (T), Form (F), Moral (M). Schulnotenskala von 1 bis 5.

Kategorie eins: Schöngeistig

Der Körper ist super, der Geist soll es werden. Pin-up-Mädchen Michelle Collins (21) hat sich an einem College angemeldet, um die früher vernachlässigte Schulbildung nachzuholen. Das nennt man Eifer!

Besonders geglückter Einstieg, in Anlehnung an das Matthäusevangelium. Gelungenes Wortspiel Collins/College. Botschaft: Ein Mädchen arbeitet an sich.
(T: 2, F: 3, M: 1)

Die Kunst, sich in einem harten Beruf durchzusetzen, hat Anna Maria (23) von Grund auf gelernt. Sie kam vor fünf Jahren aus Südwales nach London, was fast gleichbedeutend mit Ausland ist. »Erst jetzt bin ich voll akzeptiert«, sagt Anna Maria.

Schön herausgearbeitetes Emigrantenschicksal. Man fiebert förmlich mit Anna Maria mit und freut sich, dass sie am Ende doch akzeptiert wird.
(T: 3, F: 4, M: 1)

Wie schön und talentiert die Mädchen Österreichs und der östlich gelegenen Länder sind, beweist der heurige Kalender von »Elite Model Management«. Den März bestreitet Zanna Daskova, die Vertreterin Lettlands.

Politisches Signal der Toleranz gegenüber Ost-Öffnungen. Anerkennung für Lettland. Zanna wird sozusagen zur geheimen Botschafterin.

(T: 3, F: 4, M: 1)

Seit die schöne Ivana aus dem tschechischen Traditionskurort Karlsbad wie zufällig zu einem Seite-9-Mädchen der »Kronen Zeitung« geworden war, hat es zwischen Karlsbad, Wien und Mailand viel positives Echo gegeben. Ivana bekam sofort Jobs als Model und ist als solches in Mailand tätig. Schnell hat sie die dafür nötigen Brocken Italienisch gelernt. Ihr nächster Plan ist es, in Wien ein wenig Deutsch zu lernen.

Elegisches Drei-Städte-Panorama mit der erstaunlich sprachbegabten Ivana. Man würde ihr beim Deutschlernen in Wien gern unter die Arme greifen.

(T: 3, F: 3, M: 1)

Ivana aus Karlsbad zeigen wir heute. In der Schule lernte sie als Fremdsprache nur Russisch, aber jetzt will sie Englisch und Deutsch lernen, um dann zu versuchen, eine Karriere als Model zu machen.

Hey, schon wieder Ivana und ihre Sprachgeschichte! Diesmal in einer bewusst einfach gehaltenen Kurzfassung, die uns (und Ivana) veranschaulicht, wie schwer Deutsch auch sein kann, nachdem man es gelernt hat.

(T: 3, F: 5, M: 1)

Kategorie zwei: Schönkörperlich

»*Wie eine Sauna erhitzen die Scheinwerfer das Fotostudio*«, *beklagt sich Foto-Sternchen Annette aus Hamburg:* »*Manchmal ist es schwer, dabei schön auszusehen. Man darf nicht merken, wie wir schwitzen.*«

Ein kritischer Blick mitten ins Scheinwerferlicht dieses harten Geschäfts. Das Schicksal der Hamburgerin Annette rüttelt uns wach und rührt uns zu Schweiß.

(T: 2, F: 4, M: 2)

Ganz in Weiß, doch gar nicht langweilig präsentiert sich die rassige Jasmine der Kamera. Ihr plüschbesetztes geschnürtes Oberteil scheint für Verführungszwecke geschaffen; ausgehen kann man damit kaum!

Viele große Wahrheiten auf engstem Raum: Weiß muss nicht fad sein. Plüschbesetzt heißt noch nicht vergeben, geschnürt noch nicht gelaufen. Verführen kann man auch daheim. Kein Mensch würde verlangen, dass die rassige Jasmine mit ihrem Oberteil ausgeht.

(T: 5, F: 2, M: 3)

Tolle Reisen zu reizvollen Plätzen unternehmen nicht alle Models. Belinda etwa posiert hier in einem Londoner Fotostudio, wo man Dschungel und tropischen Regen imitierte. Im Zeichen internationaler Sparpakete müssen es eben auch Plastikpflanzen und Wasser aus einem Gartenschlauch tun.

Dieser feinfühlige Text stimmt uns nachdenklich und traurig. Gartenschläuche, Plastikpflanzen – bald wird wohl auch Belinda vollständig aus Kunststoff sein.

(T: 3, F: 3, M: 1)

Kategorie drei: Ganz schön körperlich

Wie Zimt oder Milchschokolade – so könnte man die Hautfarbe dieser karibischen Schönheit beschreiben. Ein britischer Fotograf war so begeistert, dass er die 22-jährige Donna, die er in einem Hotel in Trinidad traf, vom Fleck weg als Model engagierte.

Auffallend schöne Beschreibung einer Hautfarbe. Als geschickter Kontrast der wahrscheinlich rothäutige Brite, der uns Hobbyfotografen in Trinidad zuvorgekommen ist.

(T: 3, F: 2, M: 4)

Nur als Teilzeitjob steht die kurvige Shelly ihrem Londoner Fotografen Modell. Sonst konzentriert sie sich darauf, einen, wie sie sagt, »ordentlichen Beruf« zu erlernen. Die 19-Jährige will Hotel-Rezeptionistin werden, möglichst in einem tropischen Land. Denn sie liebt es heiß.

Aufwühlender Tropenbericht über die kurvige Shelly. Wetten, sie landet in Trinidad! Dort wird sie an der Hotel-Rezeption von einem britischen Fotografen entdeckt. Die zimthautfarbene Donna wird schön schauen! – Das ist Stoff für große Romane.

(T: 5, F: 3, M: 4)

Einblicke gewährt Michelle mit ihrem Lieblings-Strandanzug je nach Lust und Laune: In prüder Umgebung zieht sie das Oberteil züchtig über die Brust. Ist die Luft rein, wird der dünne Stoff hinuntergerollt und lässt den Einteiler wie ein Bikinihöschen wirken. Bei Bedarf sind alle Blößen blitzschnell wieder sittsam bedeckt ...

Höhen und Tiefen eines Strandanzugs: beklemmend, atemberaubend, schonungslos. Und doch so umweltfreundlich.

(T: 5, F: 2, M: 3)

Sexy und ein wenig frivol, was sich Starmodel Tracey Coleman und ihre Londoner Leibfotografin Beverley Goodway zum heurigen Valentinstag einfallen ließen. Das Herz ist nur insofern am rechten Fleck, als sich sonst sicher ein paar Puritaner empört hätten.

Nicht, dass wir Goodways Leistung schmälern wollen: Doch selbst ohne ihr Foto ist die Erotik des Textes bereits unüberbietbar knisternd. Männer in aller Welt fragen sich dazu zweierlei: Wo trägt Tracey bloß ihr Herz? Und was sind Puritaner?

(T: 2, F: 2, M: 3)

Die Eva, das »Weibliche an sich«, wie es die alten Meister so liebten, wollte die Londoner Fotografin Beverley Goodway darstellen. Das Durchgeistigte an der Idee ist ihr zwar nicht ganz gelungen, aber ihre Fans bewundern die erotische, nur von einem Blatt verhüllte Schönheit ihres 19-jährigen Models. Für uns jedenfalls ein guter Anfang in Sachen Mädchenfotografie, dem hoffentlich noch viele ebenso erfolgreiche das ganze Jahr über folgen mögen.

Sympathisch selbstkritische Abhandlung über die Grenzen der Durchgeistigung am Beispiel der Fotografin Goodway. Und gleichzeitig ein großes Kompliment an die erst 19-jährige Eva, die das »Weibliche an sich« bereits derart begabt verkörpert.

(T: 1, F: 1, M: 1. Der Testsieger.)

Jenseits von Körper und Geist

Allein am Strand genießt unsere kesse Blondine ihren Herbsturlaub – auf Trinidad in der Karibik versteht sich. Der Grund? Kilometerlange Strände und weit und breit keine Touristen. Da kann man sich ungestört in der Sonne rekeln, lesen, faulenzen.

Und plötzlich baut sich vor der kessen Blondine ein britischer Fotograf auf. Das wird der zimthautfarbenen Donna und der kurvigen Shelly gar nicht recht sein.

(T: 4, F: 3, M: 4)

Jeden Stier bezwingen – das ist Carmens Traum. Denn sie will eine Torera sein.

Carmen, warst du schon einmal auf der Wiener Donauinsel?

(T: 4, F: 2, M: 5)

Gelungen, diese Frisur, finden Sie das nicht auch?

Es geht so.

(T: 4, Frisur: 3, M: 5)

Wieso gefällt dir meine Bluse nicht? Ich hab sie extra für dich an, schmollt Lisa. Was sie nicht weiß: Ihr Freund wollte sie mit einem Geschenk überraschen – er hat haargenau dieselbe Bluse gekauft ...

Hoffentlich klärt sich das Missverständnis bald auf. Vielleicht kann man eine Bluse umtauschen und die andere verkaufen oder herschenken.

(T: 3, F: 3, M: 3)

Hat er mich vergessen …? Seit einer halben Stunde wartet sie auf ihren Freund, mit dem sie ins Museum wollte. – Keine Bange, Rita. Er steckt nur im Stau.

Oder er besorgt dir gerade die gleiche Bluse, die du anhast und von der Lisa bereits zwei Stück besitzt.

(T: 3, F: 3, M: 4)

Zier dich nicht, das Meer ist herrlich! Mit allen möglichen Tricks versucht Katharina, ihren wasserscheuen Freund zum Planschen in die Wellen zu locken. Alles hat sie schon ausprobiert: Sie hat süß gebettelt, ihm verliebt zugezwinkert, dann beleidigt geschmollt – erfolglos.

Katharina, versuch es einmal mit einer von Lisas beiden gleichen Blusen. Sie borgt dir bestimmt eine.

(T: 5, F: 2, M: 5)

Ich vermisse dich! Liebesgrüße aus dem Süden schickt Caroline nach Hause – ihr Foto als Postkarte, auf das sie mit rotem Lippenstift noch einen Kuss haucht.

Sollte der gehauchte Kuss auf der Karte mit freiem Auge erkennbar sein, ist die Liebe wirklich groß.

(T: 4, F: 4, M: 1)

Scharf wie Chili. Edle Stretchspitze, »Magic Bra« mit Glanzträgern, dazu ein Spitzen-Stringtanga. Und das alles in »Chili«, der Modefarbe für den Herbst. Spätestens jetzt ist klar, warum es »sündiges Rot« heißt.

Stretchspitzenklasse! »Chili con Carne« vom Feinsten. Lisa würde auf der Stelle ihre beiden gleichen Blusen verbrennen.

(T: 4, F: 1, M: 5)

Geht's euch so wie mir? Mir ist furchtbar heiß. Am liebsten würde ich mir alle Kleider vom Leib reißen. Einen Teil habe ich ja schon abgelegt. Den Rest würde ich auch noch gerne ausziehen, aber der Fotograf hat es mir verboten. Könnt ihr verstehen, warum? Ich kann's auch nicht.

Vielleicht will er noch rasch ein paar Fotos machen. (T: 4, F: 3, M: 1)

Träume sind Schäume, wie die Gischt im Meer. Träume bringen uns das Land der Illusionen von weit her. Ein Traum unter der Sonne, ein Traum voller Wonne. Marie im Glück holt sich schöne Erinnerungen zurück.

Unbekannter Dichter um 1850.

Lecker

Jüngst wehrte sich Hannes W. aus Klagenfurt in einem Leserbrief gegen die dramatische Vereisbeinisierung der Sprache. Sein Aufruf: »Bitte erspart Lesern einer österreichischen Zeitung das für heimische Ohren unerträgliche ›lecker‹.«

Wir könnten es uns jetzt leicht machen und sagen, Herr W. sollte vielleicht davon abgehen, mit den Ohren zu lesen. Aber es ist schon viel Wahres dran. Während etwa »super« (Deutsch: »zsuupaa«) der abschüssigen Austro-Lippe wohlgesonnen ist, weil es bequem als »suwa« ausgeworfen werden kann, klingt »lecker« immer nach »lecker«, egal ob in Oslip oder Lustenau. Es klingt abgrundtief deutsch. Und unsere Huldigung des Nachbarn endet in Asien, wo Deutschland gerade jene Tore schießt, die sich Österreich verdient hätte, wenn die Welt endlich honorieren würde, dass wir den besseren Schmäh haben, weil wir uns nämlich selbst verarschen. (Wenn auch meistens unfreiwillig.)

Schmeckt uns ein Essen, so sagen wir: »Es schmeckt.« Schmeckt's gut, so sagen wir: »Schmeckt gut.« »Lecker« bleibe denen, die so gründlich den Teller auslecken, wie sie Schangsen verwerten.

Lieber noch eine Portion für alle.

Schnäppchen

Unlängst haben wir uns im Freundeskreis über ein Wort aufgeregt. Es begann mit einer harmlosen Beanstandung und führte zu kollektiver Abscheu, die in wütende Proteste überging.

Das Wort heißt »Schnäppchen«. – Immer diese deutschen Ausdrücke!, hat einer gemurrt. (So hat es begonnen.) – Schnäppchen? Grauenhaft! Das ist deutscher als deutsch, das sagen ja nicht einmal mehr die Deutschen. – Aber bei uns steht's auf jedem zweiten Werbeprospekt. Widerlich! – Dieses Schnappen: hinschnappen, jemandem etwas wegschnappen. Die reine Gier! – Ja, es geht nur noch darum, den anderen auszutricksen. Es gibt nicht mehr genug für alle, das Gute ist zu teuer, also werden Schnäppchen auf den Markt geworfen. – Da habt ihr einen billigen Happen zum Schnappen, streitet euch darum! – Aber tun wir's schön verniedlichen, machen wir ein Häppchen daraus: Holt euch euer Schnäppchen! – Ist schon beschämend! – Ja, beschämend! – Beschämend, beschämend! (...)

Am Nebentisch haben sie sich über uns gewundert. Vermutlich dachten sie, parallel zur EU-Osterweiterung bricht jetzt der Austrokommunismus aus. Aber wir stehen dazu: »Schnäppchen« pfui!

Lieber noch einen G'spritzten für alle.

Ein tiefer Blick

Unlängst haben wir einen Mann dabei beobachtet, wie er bei vierzig Grad in der U-Bahn einer neben ihm sitzenden jungen Frau aus einer Entfernung von etwa dreißig Zentimetern minutenlang auf den Busen starrte. Das war kein anmutiger Anblick. (Für uns.)

Der Mann aus gutem Bürohause trug ein weißes Hemd (mit Transparentlook unter den Achseln), erfüllte die möglicherweise selbst auferlegte Krawattenpflicht und verfügte über eine korrekte Frisur. Der silbergraue Aktenkoffer lag symmetrisch auf seinen keusch geschlossenen Beinen. Er hielt sein Haupt diskret nach vorne geneigt. Die Augen aber lustwandelten zur Seite, bis sie den Rand des luftigen Ausschnitts erreichten, wo sie sich, außer Kontrolle geraten, in das T-Shirt hineinfallen ließen. Dort saugten sie sich fest. Bedingt durch die Aufwühlung öffnete sich der Mund des Mannes und die Zungenspitze kam zum Vorschein.

Um das visuelle Erlebnis zu verdauen, bedurfte es schnaufender Atemgeräusche. Ebendiese dürften den Beschauer verraten haben. Die junge Frau drehte sich abrupt zur Seite, merkte, wie ihr geschah, und rief, deutlich vernehmbar für alle Umsitzenden: »Geht's Ihnen eh gut?« – Bis dahin sehr. Nun nicht mehr.

Mucken Zuruck!

Jedes Tier hat etwas Nützliches. Die Gelse zum Beispiel hält uns in den Sommernächten wach und schafft es mitunter, dass wir uns selbst ohrfeigen, was uns hilft, zur Besinnung zu kommen. Nicht der Stich der Gelse macht uns wahnsinnig, sondern deren unheilvolles akustisches Vorspiel. Wenn das Surren verstummt, wissen wir, dass sie es gerade wieder tut.

Gelsenschutz? Gibt es nicht. Seit in Kraft getretenem Vermummungsverbot sind wir dem Insekt endgültig ausgeliefert. Damit die Gelse sofort weiß, wo wir sind, verwenden wir gerne »Autan« und ähnliche Säfte, Saucen oder Suppen. Außer (jeder) Konkurrenz wollen wir heute ein chirurgisches Fläschchen vorstellen, das vor einigen Tagen an einem Kiosk auf Mykonos gesichtet und erworben wurde. Es heißt »Solatan« und kann Folgendes:

Dieses Lotion stossen die Mucken Zuruck und hilft man zu schlafen. Du musst dieses Lotion in die nackt Teilen deine Haut spritzen. Spritzen sie dieses Lotion auch in deine Haude und dann sich schminken. Sprizen sie die Augen nicht spritzen sie die Lippen nicht. Stellen sie dieses Lotion weit von der Kinder auf.

Anwendung: Dreimal täglich lesen. Dagegen machen Gelsen keinen Stich.

Zeit im Sprung (I)

Heute machen wir uns (oder zumindest ich mir, und ich lade Sie herzlich ein, es mir gleichzutun), wir machen uns wieder einmal Gedanken über das Älterwerden, beziehungsweise, da es gewissermaßen leider immer schon eingetreten ist, über das Ältergewordensein.

Vor einigen Tagen richtete Thomas R. eine einladende Frage an eine Runde von Kollegen hier im Büro, ob wer etwas Bestimmtes machen wolle, das zu tun er selbst verhindert sei. Keiner von uns blickte daraufhin von seinem Bildschirm auf. Zwei oder drei murmelten ein mittelhöfliches: »Ich nicht.« Oder: »Ich kann nicht.« Oder: »Ich hab leider keine Zeit.« Kurzum: Die Frage schien den Rahmen des Alltäglichen weder zu sprengen noch zu streifen noch zu berühren.

Noch vor zehn Jahren hätten wir dem Kollegen seelischen Beistand geleistet und spontane Hilfe zugesagt. Wir hätten ihn nicht mehr aus den Augen gelassen. Doch wir sind gealtert. Brücken kamen und gingen, von denen Seile hingen, an denen sich die Freizeit so lange dehnte, bis Aktion nur noch lasche Entspannung war. Nun sind wir so weit. – Thomas R. fragt: »Hat wer von euch Lust, am Donnerstag statt mir vom Donauturm zu springen?« Und keiner verzieht eine Miene.

Zeit im Sprung (II)

Vor einigen Tagen haben wir hier über die emotionelle Verrohung der Fun-industriell geprägten Sitten gesprochen. Unser Kollege Thomas R. fragte: »Hat wer von euch Lust, am Donnerstag statt mir vom Donauturm zu springen?« – Und niemand reagierte.

Am Mittwoch hat sich in unseren Büroräumen ein ähnlicher Vorfall zugetragen. Andrea W., treu dem Boden der Realität verhaftet, fragte: »Möchte wer morgen statt mir in die Luft gehen?« – Niemand meldete sich. Einer schien nicht auf morgen warten zu können. (Ihn nervte gerade ein Anrufer.) Der Rest blieb bildschirmschonend emotionslos. Zweiter Versuch im Außenpolitik-Ressort: »Wer will morgen mit dem Hubschrauber fliegen?« Einer murmelte: »Ich nicht.« Die anderen schwiegen solidarisch. Dritter Versuch in den Räumen der Innenpolitik: »Will wer morgen mit dem Hubschrauber übers Retzer Land fliegen?« Endlich. Ein Kollege hebt den Blick über den Computer: »Ein Hubschrauberflug?« – Andrea: »Ja, mit dem Scheibner.« Kollege: »Ah so.« (Er lässt den Blick wieder fallen.)

Nehmen Sie's nicht persönlich, Herr Minister. Journalisten sind immun gegen Abenteuer. Eine Bootsfahrt mit Michael Häupl im Jahr genügt.

Hochzeitskastl

Früher war alles einfach. Man hat einander kennen gelernt, geheiratet und ein Kind bekommen. Oder man hat einander kennen gelernt, ein Kind bekommen und geheiratet. Oder man hat ein Kind bekommen, geheiratet und einander kennen gelernt. Und als man einander kannte, hat man sich getrennt.

Heute ist alles komplizierter. Nach dem noch nicht heiratsfähigen Alter kommt man in das heiratsfähige, danach schlittert man in das heiratsmögliche, weiter in das heiratswillige und hinein in das heiratsbereite Alter. Von dort gleitet man bequem in das heiratsfällige und schließlich in das heiratsüberfällige, das heiratsreife Alter, an welches nahtlos das heiratsüberreife anschließt. Danach folgen die späten, aber umso süßeren Optionen der Prädikatsheirat, der Kabinettsheirat, der Heiratsauslese, der Heiratstrockenpressung und der Eisheirat.

Potenziell hochzeitswillige Paare, die sich bis dahin noch nicht dazu entschließen konnten zu heiraten, sollten ernsthaft überlegen, ob sie für die Ehe bestimmt sind. Den dreist Tollkühnen, aberwitzig Spontanen, die es schon vorher geschafft haben: Herzliche Gratulation.

Der Meinige

Auf die Frage, warum man eigentlich nicht heiratet, gibt es, je nach Beziehungslage, zwei kluge Gegenfragen als Antworten: Erstens: »Warum schon?« Und zweitens: »Wen?«

Auch ein guter Grund, nicht zu heiraten, ist die mögliche Minimierung des Missverständnisses vom Eigentum, das Ausbleiben des Mir-g'hörst-da-bleibst-Syndroms. Das heißt: Man hat unverheiratet nicht so sehr das Gefühl, jemand anderem zu gehören als sich selbst, und man gibt dem anderen nicht so sehr das Gefühl, zu einem zu gehören und nicht zu sich. Und man läuft eine etwas geringere Gefahr, Opfer folgendes Zwiegesprächs zu werden. A: Sehen wir uns heute? B: Ja, ich komm rüber. A: Nimmst du den Deinen mit? B: Der Meinige kommt heut erst später. Und was ist mit der Deinigen? A: Die Meinige geht vorher noch laufen. Wir könnten C einladen. B: Wenn der die Seinige mitnimmt, wird's aber eng. A: Der hat ja jetzt eine Neue. Die Seinige hat sich scheiden lassen. B: Aber vielleicht nimmt er die Neue mit. Oder er kommt mit der Ex(-Seinigen). Was weiß man? A: Es wird sich schon ausgehen. Die Unsrigen kommen eh erst später …

Was für Ehen, in denen schon die Fürwörter den Besitz anzeigen!

Lob den Optikern

Berufstätige und ihre Launen. Man darf das zwar nicht generalisieren, aber man kann es wenigstens einmal probieren: Lehrer – meist gut aufgelegt, nur nicht im Unterricht. Pfarrer – oft zu gütig, das reibt sie auf. Richter – nur nicht anstreifen! Ärzte – kommt darauf an, auf welchem Fuß man sie erwischt. Künstler – schwierig, grüblerisch. Handwerker – fluchen. Psychotherapeuten – können einem ganz schön einschenken. Piloten – oft abgehoben. Bahnbedienstete – streiken. Schiedsrichter – rennen manchmal heiß. Polizisten – ebenfalls, dabei auch noch bewaffnet. Kellner – oft über-, sonst unterfordert. Journalisten – immer im Stress. (Tun zumindest so.) Drachenflieger – nett, aber das ist kein Beruf. Gärtner – zart zu den Stiefmütterchen, grob zu den Mütterchen.

Aber jetzt frage ich Sie: Haben Sie schon einmal einen unfreundlichen Optiker gesehen? – Sie haben keine Brille? Dann sollten Sie sich eine zulegen. Denn ob Wien-Mariahilf, Hall in Tirol, Aix-en-Provence, Hamburg, Taipeh oder Catania: Überall auf der Welt biegen sie uns mit Engelsgeduld die Bügel zurecht und putzen unsere Gläser. Nie verlangen sie Geld dafür. Im Gegenteil: Immer geht sich noch ein herzliches Zuzwinkern aus.

Sag ich einmal (I)

Leserin Petra G. leidet unter einer neuen sprachlichen Unsitte. – So sehr, dass sie uns zur Abhilfe den ersten Leserbrief ihres Lebens schrieb. Schon deshalb können wir sie jetzt nicht hängen lassen, sag ich einmal. Die Vorarlberger hatten ja immer schon ihr kostbares »oderr«, um ihre Aussagen im scheinbaren Widerruf zu bestätigen. Da ein »oderrr« niemals beeinsprucht wird, gelten die Vorarlberger als österreichische Landesmeister im Absegnen von selbst verkündeten Wahrheiten, oderrr? Daher rührt auch ihr starkes Selbstwertgefühl, sag ich einmal.

Die Wiener, durch ihr Randeuropäertum ohnehin sprachlich gehemmt, haben nun eine Notfloskel auf den Markt geworfen, die sich via ORF wie eine Seuche verbreitet, sag ich einmal.

Petra G. weist auf den heimtückischen Charakter der Phrase hin, die man so schnell im Mund hat wie einen Love-Virus im Computer. »Ich selbst hab mich schon beim Ausspucken von ›Sag ich einmal‹ erwischt«, gesteht sie. Und sie fragt uns kummervoll: »Glauben Sie, dass der Spruch wieder von alleine verschwindet?« – Nein, liebe Leserin, wir werden ihn verbal niederknüppeln müssen, sag ich einmal. Am besten mithilfe Vorarlbergs, oderrr?

Sag ich einmal (II)

1. Unlängst wollte ich vorarlbergerischer als der Vorarlberger sein und habe »oderrr« geschrieben. Das tut mir Leid. Ich hatte »odrrr« gemeint. Die ich verletzt habe, mögen mir verzeihen.
2. Kollege F. ist Vorarlberger und behauptet, dass der echte Vorarlberger weder »oderrr« noch »odrrr«, sondern »oda« sagt. Denn »oderrr« oder »odrrr« sagt der Schweizer. (Das wäre an sich meine Begründung gewesen.) Ich dachte zudem: »Oda« sagt nur der Wiener, der versucht so zu tun, als wäre er Vorarlberger, was ihm freilich nie gelingen wird, sag ich einmal. Im Übrigen ist es eine schwere Unsitte, eine Mundart in den Mund zu nehmen, die nicht die eigene ist. Besonders schlimm ist es, wenn ein Wiener versucht Bayerisch zu reden. Fast so schlimm, als würde ein Münchner versuchen Wienerisch zu reden. Wienerisch darf bitte überhaupt niemand reden außer den Wienern, und da auch nur jeder Dritte, sag ich einmal.
3. Kollege F. wollte und konnte mir schließlich beweisen, dass er ein echter Vorarlberger ist. Er schrieb: »Am Zischtig simma in da Bünd hintaram Hüsle ga Hoadla gsi und dawiel heat ma üs da Gadaladalälla aha kleatzlt.« – Klingt schräg, sag ich einmal. Oderrr? Odrrr? Oda?

Sag ich einmal (Ende)

1. Noch einmal: Der Ostösterreicher spricht sich in seinen oft bescheidenen Aussagen neuerdings Mut zu, indem er dem Gesagten ein »Sag ich einmal« beifügt. Stets hofft man vergeblich, dass er es wirklich nur *einmal* sagt.
2. Der Deutsche behauptet, er war der Erste. Schon vor Jahren erklärte er der Welt: »Hier spricht man Deutsch, sag ich mal.« Leser Hannes hegt den Verdacht, die Phrase habe sich bei uns einamerikanisiert. Nach Vorbild: »You know, it was a kind of, you know, situation, where we all, sort of, you know, were like, you know ...«
3. Doch die wahren Hinterfrauen und -männer kommen aus Vorarlberg und sagen: oderrr (Oberland) oder odrrr (Hinterwald) oder oda (Vorderwald) oder odr (Mittelwald) oder »...« (Lustenau; verstehen nur Lustenauer).
4. Wir sind Ihnen noch eine Übersetzung schuldig: »Am Dienstag waren wir in der Wiese hinter dem Häuschen Heidelbeeren pflücken und währenddessen hat man uns den Halter vom Fensterladen des elterlichen Schlafzimmers gestohlen.« Oderrr, odrrr, oda: »Am Zischtig simma in da Bünd hintaram Hüsle ga Hoadla gsi und dawiel heat ma üs da Gadaladalälla aha kleatzlt.« – Das ist Sprachkultur! Sag ich einmal.

Loutro

Kennen Sie Loutro? Das ist ein kleines stilles Feriendorf an der Südküste Kretas. Dort gibt es keine Autos, denn dorthin führen keine Straßen. Sie kommen dort nur mit dem Schiff hin (und leider auch wieder weg). In Loutro ereignet sich täglich nichts. Und das bei rund 27 Grad im Oktoberschatten. CNN bringt kleinlaut Nachrichten aus einer stündlich fremderen Welt. Aber Abschalten ist Übungssache. In Loutro lernen Sie es schnell.

Wenn Sie dort einmal zufällig eine alte österreichische Zeitung in die Hand bekommen und Sie stoßen unter »Aktuelles« auf die Meldung: »Am Sonntag eröffnete LH Dr. Erwin Pröll den 1. Europäischen Hohlweg-Lehrpfad in Langenlois«, so rast Ihnen vor Aufregung das Herz. Sie sind aber vernünftig genug nicht weiterzulesen, andernfalls Sie im O-Ton Prölls erfahren würden: »Hohlwege sind Kleinode unserer Landschaft.« – Das hielten Sie in Loutro nervlich nicht durch.

Wenn Sie zwei Wochen dort waren, sind Sie ein anderer Mensch. Wenn Sie dann wieder ein paar Minuten hier sind und Sie durchwühlen am Flughafen Ihre Taschen auf der Suche nach einer Münze für den Gepäckwagen, so waren Sie ein anderer Mensch. Aber einen Versuch war es wert.

Meine Millionärin

Lassen Sie mich Ihnen aus aktuellem Anlass die bisherigen Höhepunkte meines Lebens verraten.

Sommer 1968: Ich gewinne mit 400 Metern Schnurlänge den gut besetzten Laaerberger Drachensteig-Wettbewerb der Wiener Kinderfreunde. Herta Firnberg schüttelt mir die Hand.

Winter 1971: Überlegener Sieg im Singwettbewerb des Gymnasiums Neulandschule mit einer Coverversion von »O co me bali bene bella bimba«. Lehrer F. zu mir: »Du singst wie eine Nachtigall.«

März 1980: Das erste Mal. (Wurde auch schon Zeit.)

November 1982: Ich schaffe es, als Kellner im Hernalser Schrammelbeisel fünf (belegte) Teller gleichzeitig zu servieren.

April 1989: Ich beginne beim »Standard«.

Montag, 11. November 2002: Eine Frau Christiane gewinnt in Armin Assingers Millionenshow 1.000.000 Euro. Und: ICH KENNE SIE! Wir sind alte Bekannte, aus heutiger Sicht sogar: gute alte enge Freunde. Ich weiß zum Beispiel, dass sich Christiane nicht viel aus Geld macht. Leider ist unser Kontakt in den vergangenen Monaten ein wenig abgerissen. Aber wir sollten das wieder auffrischen, finde ich.

Die Jop-Sager (I)

Nein zu sagen bereitet uns selten Probleme. »Nein« ist nicht nur inhaltlich kraftvoll, sondern auch formal brillant: das kreischende »Ei« der Abneigung eingebettet in zwei sanfte »N« der Vernunft. Mit »Ja« dagegen plagen wir uns sehr. Durch Innehalten im »J« gelingt nur kurzweilige Zauderei. Pädagogisch belästigte Kinder dehnen das »A« gern bis zum höchsten Grad der Ödnis, aber irgendwann geht ihnen die Luft aus, sie geben sich geschlagen und tun so, als täten sie, was man von ihnen verlangt.

Dieses »Ja«-Wort, dem nicht einmal mehr die Hälfte aller Ehen standhält, ist launigen Modetrends unterworfen. Vom Nachkriegs-»Jawohl« dürften wir uns langsam verabschieden. Alle paar Jahre rutscht Österreich in eine bedauerliche »Yes«-Phase. (Eine Weile hieß es sogar »Yessör«.) Ende der neunziger Jahre fehlte dem »Ja« endgültig der Pep. Da entstand das fürchterliche »Jep«, ein Produkt der Supi-Gutl-Tschüssi-Generation.

Nach einer neuerlichen Lautverschiebung halten wir nunmehr bei »Jop«. Wer derzeit nicht »Jop« statt »Ja« sagt, ist absolut nicht mehr dabei. – Und es gibt nicht einmal einen Grund, das zu bedauern. Jawohl.

Die Jop-Sager (II)

Die Wiederholung wurde hier schon wiederholt verteidigt. Der Journalismus lebt von ihr. In der Literatur ist sie ein beliebtes Stilmittel. Und sie macht einem das Altern leichter: Je mehr Frühlinge man erlebt hat, desto besser weiß man, wie gut sie riechen. Das steigert jährlich die Sehnsucht. Eines ist jedoch bedenklich: Die Wiederholung nimmt zu. Sie wird öfter. Sie gewinnt an Penetranz. Weil sich das Einmalige zu erschöpfen scheint, wird durch stete Wiederholung Wertanpassung betrieben und Wichtigkeit erzeugt. Wir müssen uns beispielsweise innerhalb eines kurzen TV-Werbeblocks dreimal dieselben Spots ansehen. Bald scheiden alle anderen Produkte durch Konkurs der Firmen aus. Und wir haben nur noch eine einzige Marke, die 24 Stunden lang ununterbrochen beworben wird, vielleicht Büroklammern oder Mediaprint oder fettfreies Schmalz, egal, wir können es uns ja eh nicht mehr aussuchen.

Noch aber ist die Wiederholung unter Kontrolle zu bringen, heute machen wir einen kleinen Schritt: Bitte nicht mehr »Jop« statt »Ja« sagen. Nicht mehr stündlich »Passt!« Nicht mehr täglich »Roger«. Und nie mehr »Okidoki«. Ließe sich das einrichten?

Helfer aus Nigeria

Als Theresa L., eine pensionierte Lehrerin, vor einigen Tagen vom Einkauf in Wien-Mariahilf nach Hause kam, fehlte ihre Handtasche. Sie hatte sogleich einen Verdacht, »für den ich mich heute geniere«, schreibt sie uns. Beim Westbahnhof hatte sie bei einem »Augustin«-Verkäufer eine Zeitung erworben. Dort hatte sie ihr Gepäck kurz abgestellt. Da könnte einer der Umstehenden aus der Drogenszene flink gewesen sein.

Gegen sechs erstattete sie Anzeige. Keine fünf Minuten später meldete sich an der Sprechanlage ein Mann mit französischem Akzent und behauptete, er hätte in der Unterführung ihre Tasche gefunden. Die Wohnadresse hatte er ihrem Pensionistenausweis entnommen. Beim Haustor kam es zur Übergabe. Der Inhalt der Tasche war vollständig, auch aus der Geldbörse fehlte nichts. Theresa L. wollte dem Mann mit einem 20-Euro-Schein für den »mehr als außergewöhnlichen Hilfseinsatz« danken. Doch er nahm das Geld nicht an. »Wo ich herkomme, ist das ganz normal«, soll er gesagt haben. Wo er herkommt? – Aus Nigeria.

»Ich meine, dass mein Erlebnis gut in den ›Standard‹ passt«, schreibt uns die Pensionistin. – Schon. Aber in der »Krone« hätte es sich auch nicht schlecht gemacht.

Lesende sind schön

Unlängst hat sich in einer Wiener Straßenbahn der Linie 58 um neun Uhr früh Erstaunliches zugetragen. Von sechs anwesenden Fahrgästen waren vier in die Lektüre eines Buches vertieft. Das wirft die Statistik ein bisschen durcheinander, wonach jeder fünfte Österreicher jährlich null Bücher liest und jeder dritte höchstens zwei. (Dafür schreibt jeder zweite Journalist eins.)

Hinten im 58er saß und las ein Jugendlicher, hatte Ufos in den Augen und den Mund weit geöffnet. Vermutlich hatten gerade Shuttles Odyssee-mäßig gespacet. Die ältere Dame vorne gehörte zur Donna-Leon-Fraktion. Sie hatte beim Lesen den Tiefblick einer pensionierten Schalterbeamtin, die früher oder später einmal ein großes Verbrechen aufklären wird. Schräg gegenüber widmete sich ein »Professor« einer Wissenschaft, möglicherweise seiner eigenen. Unmittelbar neben mir umarmte eine »Studentin« ihr hochgezogenes Knie, hielt ihr Kinn darauf und ließ Zeilen eines dahinter aufgebauten Kriminalromans einfließen.

In Filmen lieben wir die schlafenden Kinder. Bei deren Anblick geht selbst Film-Bösewichten das Herz über. Aber hat schon wer bemerkt, wie anmutig Menschen sind, wenn sie Bücher lesen?

Die Sinnmacher

In diesen Zeiten, die nicht die besten sind, die uns aber einer Lieblingsbeschäftigung nachgehen lassen, nämlich darüber zu jammern, wie schlecht die Zeiten sind, in diesen Zeiten lehnen sich Wörter weit über den Rand ihrer Bedeutung hinaus. Zählen Sie zum Beispiel auch zu jenen, die ständig »Das macht Sinn« sagen müssen? – Sinn ist oder Sinn ist nicht. Sinn ist von Beginn an oder er stellt sich später heraus. Sinn ergibt sich, aber Sinn ist nicht machbar. Es hat keinen Sinn, sich das einzureden.

Oder sind Sie einer, bei dem alles »funktioniert«, was früher gut oder schön war? Erstaunlich, wie es die technische Funktion in so feinsinnige Bereiche wie Literaturverlage schaffen konnte. »Das Buch funktioniert«, heißt es dort. Es soll damit eine Mischung aus »gelungen« und »kommerziell verwertbar« zum Ausdruck gebracht werden. Der Verdacht liegt nahe, dass auch hier bereits versucht wird, Sinn zu machen.

Oder sind Sie ein moderner Opportunist? Wo ist Ihr Protest? Wollen Sie sich an Ihrer Aufregung vorbeischwindeln? Sagen Sie doch, Sie finden das Kunstwerk schlecht. Sagen Sie, Sie finden es geschmacklos. Sagen Sie, Sie finden es abscheulich. Aber sagen Sie nicht: »Es polarisiert.«

Es muss fahren und Ruhe geben

Ich besitze ein neues Auto. Nein, neu ist es eigentlich nicht mehr. Auf der Matte unter dem Beifahrersitz liegen schon ein paar Kieselsteinchen. Ich putze sie aber nicht weg. Sonst heißt es: Ich bin ein Spießer. Ich tu so, als würde ich sie gar nicht bemerken.

Ein neues Auto ist in Wirklichkeit nur ein paar Sekunden neu. Das ist, wenn einem der Händler den Schlüssel in die Hand drückt und gutes Gelingen (beim Einstieg) wünscht. Um das Auto neu zu belassen, hätte ich nicht damit fahren dürfen. – Das hätte mich, als es stubenrein dastand und nach Delta Air Business Class roch, auch gereizt. Aber ich konnte mir nach der feierlichen Übernahme im Autohaus Denzel nicht gut ein Taxi bestellen.

Bei meinem Fast-wie-neuen-Auto handelt es sich um einen Fiat Punto Turbodiesel, Nummer ... hab ich vergessen, müsste ich nachschauen. Gekauft habe ich ihn im November. (Da wäre er wirklich neu gewesen.) Angekommen ist er zu Ostern. Vermutlich hat es auf den italienischen Autobahnen Staus gegeben. Jetzt hab ich ihn jedenfalls. Und er ist bereits eingefahren. Ich zum Glück noch nicht.

Zunächst möchte ich vor Ihren Augen ein paar grundsätzliche Fragen klären. Erstens: Wozu braucht man heute überhaupt ein Auto? – Das muss bitte jeder für sich beantworten. Zweitens: Wozu brauche ich ein Auto? – Stimmt, unser Büro in der Herrengasse ist zum Beispiel per Fiaker viel bequemer zu erreichen. Aber ich will:

1. Meinen neuen CD-Wechsler ausführen und mit B. B. King und Eric Clapton dreistimmig *When my heart beats like a hammer* singen,
2. einen mobilen Unterschlupf für Jacken, Schirme und Sackerln besitzen und
3. in achtzig Minuten in Neupölla sein können.

Drittens: Wozu ein neues Auto? Nun, das alte wollte nicht mehr. Es war ein roter Daihatsu Cuore, also eigentlich kein echtes Auto. Ich hatte ihn gern, denn zwischen einander nicht berührenden Stoßstangen zweier parkender Fahrzeuge war immer noch Platz für ihn. Außerdem hatte er zehn Jahre lang keinen nennenswerten Schaden. Er wusste, dass er sich Reparaturen nicht leisten konnte.

Leider, letzten Herbst dampfte es ihm wie vorgezogener Weihrauch aus dem Kühler und die von der Werkstatt sagten, grob, wie diese PS-strotzenden Leute zu Besitzern unflotter Fahrzeuge sind: »Den kennan S' vergessen!« Zur alternativen Frage des Wiederherstellens der Fahrtauglichkeit: »Zoit sie net aus. Do kennan S' eana glei an Neich'n kaufen.« Und so geschah es.

Mit achtzehn hatte ich mir zwar geschworen, nie, nie, nie in meinem Leben so verschwenderisch zu sein, mir einen Neuwagen zuzulegen, wo sie einem um ein Zehntel des Preises fuhrparkweise tüchtige Gebrauchtwagen nachwarfen. Aber die Kommunisten von damals bewohnen ja heute auch ganz gerne Villen. Man sollte Ideologie und Lebensqualität nicht zwanghaft in einen Topf werfen.

Lebensqualität in einem Auto heißt für mich: Es muss fahren und Ruhe geben (damit ich Musik hören kann).

Es darf auf keinen Fall komische Geräusche von sich geben, denn Willi und Hans sind nicht mehr automatisch dabei, wie vor zwanzig Jahren. Damals hatte ich für 10.000 Schilling einen VW 1600, Jahrgang 1969 erworben, mein erstes Auto. Man durfte es nicht schief anschauen, sonst ließ es einen Scheinwerfer oder ein Stück Blech oder irgendwelche motorischen Eingeweide heraushängen. Beim Fahren gab der Kübel alle hundert Kilometer komische Geräusche von sich. »Was ist das, Willi (oder Hans)?«, fragte ich. Willi (oder Hans): »Bleib stehen, ich schau's mir an.« Es gibt ja bewundernswerte Menschen, die sich dafür interessieren, was in einem Motor oder darunter so vorgeht. Oft sagte Willi (oder Hans): »Ein Benzinschlauch ist leck.« Oder: »Der Auspuff schleift.« Oder: »Der Keilriemen reißt gerade.« Und solche Dinge. Ich: »Was tun wir da?« – Nun, Willi (oder Hans) hatte am Wochenende ohnehin nichts Besseres vor. Es gibt ja bewundernswerte Menschen, die sich in ihrer Freizeit mit Zange und Schraubenschlüssel stundenlang unter ein Auto legen und sich beträufeln lassen. Heutzutage repariert leider nur noch die Reparaturwerkstätte. Dort kostet allein die Frage »Was ist das für ein Geräusch?« mindestens eine Monteurstunde. Deshalb war nach einem 5.000-Schilling-Daff-Dafodil (damit fuhr man zur Zeit der Kreuzzüge), drei VW-Käfer-Auslaufmodellen (zwei hellblaue, ein orangeroter) und dem schon erwähnten Daihatsu Cuore die Zeit reif für ein echtes Auto: für den neuen Fiat Punto Turbodiesel.

Warum gerade dieser? – Warum nicht, im Prospekt stand er gut da. Die technischen Daten passten ebenfalls. Zum Beispiel: »Gewicht des fahrbereiten Fahrzeuges inklusive Fahrer und Flüssigkeiten – 1.130 kg.« (Schon faszinierend, wie genau man das heute messen kann, dabei wussten die gar nicht, wie schwer ich war und wie viel ich trank.)

Leute, die etwas von Autos verstehen, hoben jedenfalls spontan beide Daumen. Die Marke ist italienisch, also unpeinlich. Die Farbe ist grau, also unauffällig. Das Auto selbst ist entzückend, wenn auch potthässlich, weil alle Autos hässlich sind. Ich hab noch nie ein schönes Auto gesehen. Erst im direkten Vergleich mit ihren Besitzern gewinnen manche Autos an Anmut.

Was sein Fahrverhalten betrifft, muss ich sagen: angepasst. Er hat eine tadellose Kurvenlage, außer die Kurven werden zu eng oder ich zu schnell. Er hat eine erfrischende Klimaanlage, die es erlaubt, im Sommer mehrtägige Ausflüge mit Tiefseegarnelen an Bord zu unternehmen. Er hat einen wunderschön sinnlosen Zigarettenanzünder. Er hat ein appetitliches Lenkrad, von dem man gerne abbeißen würde, wenn man auf der Horner Bundesstraße hinter einem Sattelschlepper herzockelt. Er hat – Autofreaks, aufgepasst! – eine so genannte City-Lenkung, die es einem ermöglicht, mit Daumen und Zeigefinger einzuparken, um den Mittelfinger für komplexbeladene Sportcabrio-Fahrer frei zu bekommen, die auf den gleichen Parkplatz gegeiert haben.

Mit der (sehr wörtlich genommenen) Fernbedienung lassen sich von Budapest aus in Wien die Türen öffnen (Ostöffnung). – Passanten, die sich gerade auf seiner Höhe befinden, erschrecken dabei zu Tode, weil er unmotiviert blinkt, während die Türknöpfe aufspringen.

Das Allerschönste an meinem neuen Grauen ist aber absolut akustisch. Er hat bis jetzt noch kein einziges komisches Geräusch von sich gegeben.

Malversation

Malversation. – Ein prächtiges Wort, nicht wahr? Aber, Frechheit, es findet sich überall, nur nicht im Wörterbuch. Auf Anfrage von Lehrer Wolfgang K. rechtfertigt sich aus Leipzig der Duden: Die Malversation (Veruntreuung, ungetreue Verwaltung eines Amts, der Unterschleif) sei, wie viele französische Entlehnungen, im 20. Jahrhundert in Vergessenheit geraten. Die Zahl der Belege sei nicht so häufig, dass das Wort unbedingt Aufnahme in einem allgemeinen Fremdwörterbuch finden müsste. »Darüber hinaus ist festzustellen, dass die Belege überwiegend aus dem österreichischen Sprachraum stammen, wodurch für uns auch erklärlich wird, weshalb der Begriff dort als ›durchaus gängig‹ bezeichnet wird«, schließt der Duden.

Ja, wir brauchen sie oft, die Malversation. Sie ist der Missstand im Trüben, der Schmutz ohne Beweis, die ewig dunkle Machenschaft. Sie beschreibt die Korruption, von der man besser nur weiß, als sie zu kennen. Sie verrät die unregelmäßige Gebarung, ohne sie jemals beim Namen zu nennen.

Fazit: Die Malversation ist urtypisch österreichisch. Ohne sie würde sich der Nationalrat wegen chronischer Beißhemmung auflösen. Ohne sie gäbe es gar keine Innenpolitik.

Winter statt Mode (I)

Warum sind die Österreicher dramatisch schlechter gekleidet als die Italiener? These eins: Weil es ihnen nicht auffällt. These zwei: Es hängt mit dem Winter zusammen. Dieser schaut etwa in Rom nur ein paar Tage im Jahr vorbei. Da holen die Italiener ihre Gucci-Steppjacken hervor und zerquetschen die paar Schneeflocken mit ihren neuesten Pollini-Absätzen.

In Wien gibt es Frostfestwochen (wie die vergangene). Unter minus drei Grad stirbt bei uns jede Mode ab und die Verpackungsindustrie lebt auf. Für auswärtige Angelegenheiten wickeln wir uns wie Leberkässemmeln ein, die alles dürfen, nur nicht auskühlen. Puncto Ohrenschutz nehmen wir es mit jedem St. Petersburger Diskonttankwart auf. Beim Schuhwerk kommt uns die Merkur-Fundgrube mit ihren wuchtigen Matschböcken auf halbem Wege entgegen. Daheim schwingen wir uns in den violetten Ballonseidenen. Endet der Winter, haben wir uns an die Schutzschichten bereits zu sehr gewöhnt, um sie dem unsteten Frühling zu opfern. In Rom haben die Modehäuser zu dieser Zeit bereits den Sommerlaufsteg ausgefahren.

Heimhörerfrage: Warum sind die Österreicher aber auch deutlich schlechter gekleidet als die Schweden?

Winter statt Mode (II)

Jüngst beantwortet: Warum sind die Österreicher dramatisch schlechter gekleidet als die Italiener? – Weil wir den strengeren Winter haben, der aus Mode automatisch Textilverpackung macht. Noch unbeantwortet: Warum sind die Österreicher aber auch deutlich schlechter gekleidet als die Schweden?

Leser Dieter F. besitzt ein Modegeschäft. Er weiß es: »Die Italiener haben eine klassische Schönwettermode. Die Schweden haben eine ausgereifte Schlechtwettermode. Die Österreicher – weder noch, denn beides zahlt sich nicht aus.« Für eine eigene Schönwettermode ist das Wetter bei uns zu selten schön, da kommen wir über den spontan kombinierten, mit Gelsenschutz imprägnierten Entlastungsgerinne-Hawaii-Look nicht hinaus. Für eine eigene Schlechtwettermode ist das Wetter zu wenig konsequent schlecht. Bei Jännerfrost verkleiden wir uns deshalb als ausgestopfte Pistenwarntafeln (zumeist grau, also außer Betrieb) mit wattierten Schaufeln über den Füßen. So überstehen wir auch den fünften Wintereinbruch und fiebern dem Fasching entgegen, der endlich die Mode erlaubt, zu der wir fähig sind, wenn man uns sein lässt, was wir gerne sind: Cowboy, Cat, King-Kong und Superman.

Winter statt Mode (Ende)

Halten wir fest: Österreich hat zu wenig Sommer für eine eigene Sommermode und zu wenig Winter für eine eigene Wintermode. Aber: Stark sind wir in der Übergangsmode, da können sich Italiener und Schweden von uns was abschauen. Wegen Klimaverschiebungen leider ausgefallen: die Übergänge vom Winter zum Frühling und vom Sommer in den Herbst. Auf diese Weise sehen unsere edelkastanienbraunen Lederimitat-Blousons und unsere silbergrauen Sperrmüll-Windjacken niemals alt aus.

International unbezwingbar sind wir Österreicher bei folgenden modischen Übergängen:

1. Vom Büro in die Sporthalle (achselfreies Feinripp-Unterleiberl, orientalisch ausgestattete schenkelweite Boxerhose, made in Taiwan)
2. Vom Vorzimmer in den Hof zum Mistkübelausleeren (Hometrainer-Jogginganzug, darüber Hausmantel kuschelweich, Billa-Socken mit Sportstreifen in hautfarbenen Top-Schuh-Gesundheitsschlapfen)
3. Vom Badezimmer in den Fernsehraum (Frotteebademantel, Marke Eduscho, darunter weiße Jockey-Unterhose x-large mit Bein)
4. Vom Fernsehraum ins Bett (…) – Nicht böse sein, aber das verraten wir den Römern nicht.

Love-Reminder

Das ist jetzt ein bisschen ein historischer Moment. Wir stellen hier eine Erfindung vor, ohne die Liebe bald nicht mehr möglich ist – und zwar nicht die industriell üppig bestückte sexuelle Liebe, sondern die bisher minderbemittelte romantische. Für nur 21,50 Euro erwirbt man »Love-Reminder«, zwei tropfenförmige Metallamulette, die mit synchron erklingenden Prozessoren ausgestattet sind. »Von nun an hören Sie, wenn Ihr Partner an Sie denkt«, verspricht der Werbetext. In zufälligen Zeitabständen ertönt innerhalb von 72 Stunden dreimal aus beiden Tropfen gleichzeitig Beethovens »Ich liebe dich«. (Hätte er es gewusst, er hätte nie komponiert.) Das heißt: Wenn sie »Ich liebe dich« hört, weiß sie, dass er es ebenfalls gerade hört, egal, wo er sich befindet. Somit weiß sie, dass er an sie denkt, und er weiß, dass sie weiß, dass er an sie denkt, auch wenn er nur deshalb an sie denkt, weil er weiß, dass sie an ihn denkt, auch wenn sie (zum Glück) nicht wissen kann, was er denkt, wenn er an sie denkt, wenn er »Ich liebe dich« hört, und wer es vielleicht gerade mithört …

Na ja, wenn die Batterien leer sind, müssten beide Tropfen gleichzeitig neu gestartet werden. Das ist die Chance für den Ausstieg.

Fresh Kiss

Die »weltweit führende japanische Firma für elektromedizinisches Material« hat eine wagemutige Erfindung auf den Markt geworfen. Sie heißt »Fresh Kiss« und ist – »das erste elektronische Meldegerät für Mundgeruch«. Sympathischer hätte zwar »das erste elektronische Meldegerät gegen Mundgeruch« geklungen, aber die Meldung bleibt vermutlich gleich. Im Werbetext bemerken die Erzeuger: »Oft sind wir uns gar nicht bewusst, dass wir mit unserem Mundgeruch andere Personen belästigen.« Richtig. Und ist das so schlecht?

Egal. Jetzt gibt es das Gerät, von dem die Firma verspricht: »Mit dem neuen Fresh Kiss kennen Sie in nur fünf Sekunden die Qualität Ihres Atems.« Na ja, erstens kannten wir die bisher auch. Wir mussten nur den Mund leicht öffnen, den Unterkiefer vorschieben, die Nasenlöcher in Position bringen und dann bei gleichzeitigem Hecheln ein paar Sekunden inhalieren. Wurde uns übel, hatten wir Mundgeruch.

Zweitens: Was hilft es, die Qualität des Atems zu kennen, wenn wir sie nicht mehr verbessern können? Denn: »Von der Größe eines Feuerzeugs, können Sie Fresh Kiss bequem in der Hosentasche mit sich führen.« – Dort steckte bisher der Pfefferminzkaugummi.

Apostrophobie (I)

Zu den Gewinnern des Spargedankens der Nuller-Jahre zählt der Apostroph. Wo rundherum jedes Wachstum, so auch jenes der Sprache, schrumpft, erleben die Auslassungszeichen eine Blütezeit. Immer öfter und wagemutiger werden sie gesetzt. Früher war ein »'« etwas vom Schreiber gern Gemiedenes, man wusste nicht einmal genau, wo der Strich auf der Tastatur zu finden war. Heute flapst man per E-Mail: »Hab' i' dir scho' g'sagt, dass blöd g'laufen is'? Wenn i' da's no' net g'sagt hab', dann sag' i' da's jetz'!« Von der Mailbox gelangte der Apostroph auf die Straße. Leser Clemens beobachtet mit Argwohn ein Übergreifen auf renommierte Unternehmen wie Admiral Sportwetten. Dort leuchten einem die falschen Plural's, die »Game's« und »Joker's« und »Drink's« nur so entgegen. Dazu gesellen sich die aus dem Englischen geliehenen faulen Genitive von »Heli's« (Beisel) und »Melanie's« (Grillstube, Sonnenstudio).

Wir meinen: Wer seinen Namen nicht schreiben kann und der Mehrzahl nicht fähig ist, der sollte auch nicht öffentlich werben dürfen. Vielleicht könnte man ein paar eifrige Parksheriffs abziehen und sie als städtische Apostrophorgane mit der Anfertigung von Stricherllisten betrauen.

Apostrophobie (II)

Kompliment an die vielen im freiwilligen Apostrophendienst tätig gewordenen Leser. Dank Ihrer spontanen Razzien können wir den Ressorts für Landschaftsschutz und Stadtbildpflege nun eine erste umfangreiche Liste missbräuchlich verwendeter Auslassungszeichen an öffentlichen Plätzen überreichen.

Nach einem vertraulichen Hinweis von Bezirksschulinspektor Alois H. musste das Fahndungsgebiet übrigens erweitert werden: »Nicht nur der Genitiv und der Plural werden durch den Apostroph laufend verunstaltet, sondern auch die Präpositionen«, verriet uns der Fachmann. Beispiel: »Mit Herz und Hand für's Mostviertel«.

Und hier nun eine kleine Auswahl der Entdeckungen: Thai Girl's, Conny's Ledershop. (Erste Rechercheergebnisse aus Wien-Margareten.) Hendl'. (Einige.) Hend'l. (Mehrere.) Hend'ln. (Noch mehrere.) S'Ecker'l. D'Eck'n. Und soeben kulinarisch erfreulich, orthografisch stümperhaft eröffnet: Sacher Eck'. Ferner: Schmankerl' und Schmankerl'n. Eddi's Beis'l und Wirt'shaus. (Irgendwo musste er hin.) Aus Innsbruck: Vom Bäcker – Stet's frisch. Im Studentenheim: Information's Telefon. Jede Menge CD's, MD's und Video's. Und alles: Powid'l.

21. März 2003

Das wäre heute so ein Tag, da würde man sich gerne mit der Akklimatisierung von chinesischen Pandabären beschäftigen. In der Früh schon etwas länger liegen bleiben und »Leporello« hören. Im Badezimmer eine neue Zahnpastatube öffnen (und nicht mehr an der alten herumquetschen). Sich mindestens zehn Minuten Zeit für die Wiederentdeckung des Frühlings im Kleiderschrank nehmen. Sich ein symbolisches Frühstück, bestehend aus einem Fläschchen *Actimel* und drei gut abgelegenen Dinkelkeksen, gönnen. Dazu in der neuen *Garten aktuell* blättern und eine hübsch gekreuzte, früh blühende, frostfeste, balkontaugliche Mandel-Zitrus-Zwergmagnolie ins Auge fassen. Das wäre so ein Tag, an dem sich die Arbeit wie von selbst verkürzte, schon durch die Absicht der Märzsonne, am Wochenende einmal etwas Sinnvolles zu tun. Früh nach Hause, Fenster putzen, Haare schneiden, Rucksack entstauben, gute Musik einlegen, endlich Franzen oder Roth fertig lesen. Das wäre heute so ein Tag.

Aber es ist ein anderer. Einer, der uns durch Sonderjournale führt, der uns jeden Augenblick daran erinnert: Wir haben Krieg. Und es ist unser Krieg, denn wir sind nicht nur Österreicher. Diesmal: Leider nicht.

Es geht so

Gestern bekam ich auf zwei Oster-E-Mails, die ich mit der mäßig originellen Frage: »Und sonst alles okay?« enden hatte lassen, zeitgleiche Antworten, eine aus Berlin und eine aus Wien-Alsergrund. Die eine lautete: »Danke, es läuft.« Die andere: »Danke, es geht.« Dreimal dürfen Sie raten, welche die österreichische war.

Der Inländer neigt, wie hier schon öfter angedeutet, zur Verzögerung der Lebensabläufe. Man kann das gut an der Wiener Börse erkennen, die deshalb wenig krisenanfällig ist, weil sie auf Krisen zu spät reagiert. (Oft erst dann, wenn sich die Welt-Finanzmärkte bereits davon erholen.) Verlangt man zu viel Tempo von uns Österreichern, werden wir grantig und setzen uns zur Wehr, notfalls sogar mit sprachlichen Mitteln. Mit »gehen« kommen wir ziemlich weit. (Im Fußball oft bis in den gegnerischen Strafraum.) Oder sagen wir: Es geht so. Denn irgendwo ist ja doch Bewegung dabei, und manchmal stehen wir eben an. Wenn so gar nichts mehr geht, tritt das rückbezügliche Fürwort in Kraft, entlässt uns aus der Verantwortung und nimmt die Schuld auf – »sich«. Oft haben wir unser Bestes gegeben, unserem Ruf vorauszueilen, aber leider: Es ist sich dann doch nicht ausgegangen.

Städtevergleich

Wenn man aus dem Nichts heraus (aus Wien) reisend einen Tag in Hamburg verbringt, zurückkehrt und Vergleiche anstellt, dann gelangt man zum Beispiel zu folgenden Schlüssen:

1. In Wien gibt es, abgerundet, keine Fahrräder.
2. In Wien sagt man, selbst wenn man es stündlich tut, viel zu selten »Tschüss« zu jemandem, den man weder kennt noch kennen lernen will. Man hat auch keinen Grund, sich von ihm zu verabschieden, da man ihn ja auch nicht begrüßt hat.
3. In Wien sagt man »Es geht«, aber diejenigen, die laufen, die laufen wirklich. In Hamburg sagt man »Es läuft«, aber diejenigen, die laufen, die laufen gar nicht, sondern die gehen (»Power-Walking«). Vermutlich entsteht so der neue norddeutsche Fortschritt, der 2010 das Wirtschaftswunder einläuten wird.
4. Wenn man in Wien an einer belebten Straße grübelnd über einen Stadtplan gebeugt steht, dann stünde man einen Tag später ung'schaut noch immer so dort. Wenn man in Hamburg seinen Schritt verlangsamt und den Blick mit einem Anflug von Verlorenheit über eine Gebäudezeile streifen lässt, ist man umringt von Hansestädtern, die einen fragen, ob sie einem behilflich sein können. Und wenn nicht, dann immerhin: Tschüss!

Ei ist nicht Ei

Die großen Konflikte der Menschheit befinden sich zwar beharrlich außer Kontrolle derselben. Aber bei der Beherrschung der kleinen Dinge wird der Mensch immer professioneller. Zur Eröffnung der Salmonellensaison (29 Grad Celsius in Salmannsdorf) gibt es Erfreuliches vom Ei zu berichten. In wenigen Tagen wird der Konsument im Kaufhaus auf etikettierte Packungen stoßen, auf denen die Haltungsform der Hühner ersichtlich ist. Bald schon soll dann jedes einzelne Ei gekennzeichnet sein. In wenigen Jahren wird es vermutlich beigelegte Passbilder der Hühner und Haltungsnoten beim Legen geben. Schön aus der Hüfte herausgegrätschte Eier mit einem gütigen Gesichtsausdruck der Henne werden das Gütesiegel I.1.A erhalten.

Rechtzeitig zum Muttertag entdeckte Leserin Maria P. in einem Prospekt ein dazu passendes Gerät, das auf den charmanten Namen »Eierschalensollbruchstellenverursacher« hört. Es besteht aus einem Stab mit Fixierknopf und hohler metallener Eischerzelüberdachung. Da ein Ei keinen Hals hat, haben wir bisher nie gewusst, wo wir es köpfen sollen. Mit dem neuen »Eischaso« wird sich das schlagartig ändern. Und wieder ist die Menschheit eine existenzielle Sorge los.

Muttertag

Nicht mit Süßigkeiten den Magen verpicken. Nicht lümmeln. Gut atmen. Hände auf den Tisch. Ellbogen weg vom Tisch. Knie unter den Tisch. Füße einziehen. (Eigentlich »Beine«, egal.) Nicht schaukeln. Nicht schmatzen. Nicht aufziehen. Beim Husten die Hand vorhalten. Den Finger aus der Nase nehmen. Sich ordentlich schnäuzen. Die Suppe nicht schlürfen. Nicht so viel salzen. Nicht so viel Maggi. Den Kaffee nicht so schwarz trinken. Weniger rauchen. Aschenbecher ausleeren. Ruhig den Tisch einmal abräumen. Nicht so schnell essen. Nicht so kalt trinken. Nicht so viel arbeiten. Wieder einmal zum Friseur gehen (und nicht wie ein »Beatle« herumrennen). Nicht mit nassen Haaren außer Haus gehen. Eine dicke Jacke mitnehmen. Eine Mütze (mit Ohrenschutz) aufsetzen. Warme Socken anziehen. Nicht zu enge Unterhosen tragen. Nicht zu viel Geld mit sich herumschleppen. Den Kragen bügeln (bei Söhnen: bügeln lassen). Den obersten Knopf aufmachen. Den untersten Knopf zumachen.

Liebe Mütter, wo wären wir ohne euren Katalog der 1000 Manierlichkeiten, ohne eure unermüdliche Lebensberatung? – Nirgendwo! Jedenfalls sicher nicht am Sonntag um zehn Uhr mit Blumen vor der Tür.

Glücklichlaufen

Anlässlich des abgelaufenen Wien-Marathons: 24 Gründe, warum die Österreicher so gerne laufen, obwohl dies mit der gleichen Anstrengung verbunden ist, die sie in neun von zehn anderen Fällen vermeiden. 1. Es geht immer vorwärts, nicht wie im Leben. 2. Man braucht nur Füße. 3. Okay, man braucht auch noch Schuhe. 4. Und ein Stirnband. 5. Sogar der Nachbar tut es. 6. Der Arzt ist gerührt. 7. Die Dusche danach. 8. Das Krügerl danach. 9. Danach noch ein Krügerl, wegen des Energieverlusts. 10. Man tut was für den Körper, und der Geist weiß es. 11. Man wird nicht älter (zumindest innerhalb einer Runde). 12. Man macht endlich etwas Sinnvolles. 13. Man schwitzt wie einst beim Sex. 14. Man hat einen ersten Schritt gesetzt. 15. Man kann jederzeit abbiegen, nicht wie im Leben. 16. Man holt nicht nur Luft, man bläst sie auch aus. 17. Man ist eigentlich ein Sportler. 18. Es kostet nichts. (Außer man rennt einen Radfahrer nieder.) 19. Er (sie) hängt daheim inzwischen die Wäsche auf. 20. Nachher hat man etwas geleistet. 21. Nachher kann man sagen, man war laufen. 22. Man kann jene, die nicht laufen, bemitleiden. 23. Man kann sich so leicht glücklich machen. 24. Man ist sein eigener Alltagsheld.

Würdig Festspielen

Unlängst lag eine Pressemappe bei uns auf dem Tisch, in der Stimmung für ein Seminar mit dem Titel »Das persönliche Erscheinungsbild als Ausdruck von Kompetenz« gemacht wird. Erdiger formuliert: Wie schaut man aus, damit man was gleichschaut und nicht depperter dreinschaut, als man ist. (Bei Interesse schicken Sie uns eine Mail.)

Die leitende »Imageberaterin« wird uns auch als Festspielexpertin angepriesen. Sie kennt angeblich »die wichtigsten Fragen der BesucherInnen«. Hier sind sie (wir bemühen uns um adäquate Antworten):

1. *Wie kleide ich mich zu einem Festspielabend richtig, zum Beispiel welche Schuhe sehen elegant aus, und ich kann trotzdem den Weg auf eine Burgruine bestreiten?* – Reiterstiefel?
2. *Darf ich mir einen Sitzpolster und Decken zu einer eleganten Openair-Veranstaltung mitnehmen?* (Ja.) *Was mache ich anschließend damit?* – Später.
3. *Wie kann ich mich stilvoll gegen Gelsen auf einer Seebühne wehren?* – Mit Haarspray betäuben und im Opernguckertäschchen verstauen.
4. *Wie wird Smalltalk in den Pausen nicht langweilig, sondern hinterlässt Sympathie?* – Gelsensammlung herzeigen.
5. *Wie begegne ich Künstlern nach der Vorstellung?* – Decken und Polster überreichen.

Stolzes Österreich

Wenn in der Schweiz der falsche Baum umstürzt, hat Italien eine Nacht lang keinen Strom. Wenn in Österreich ein wichtiger Rechner ausfällt, dann geht in Wien augenzwinkernd für eine Stunde die Straßenbeleuchtung aus. Und aus. Wenn in Resteuropa gestreikt wird, dann wird gestreikt. Wenn in Österreich gestreikt wird, dann erklären sich alle mit den Streikern solidarisch, sodass niemand mehr übrig bleibt, der wirklich streikt.

Wenn Österreicher schon im Ausland tätig sind, also auf »a Haaße mit an Siaßn« oder täglich frisches steirisches Kernöl verzichten müssen, sind sie wenigstens erfolgreich. Sie sagen keineswegs klügere Sachen als die anderen, aber sie sagen es öffentlich und sind auch noch stolz darauf. Arnold Schwarzenegger rangiert in den USA noch knapp hinter George Bush. Thomas Brezina hat mit seinen Kinderbüchern in China bereits Harry Potter vom ersten Platz verdrängt. Seine anerkennenden Worte über die Volksrepublik (jüngst in *Treffpunkt Kultur*): »Bewegt hat mich wirklich, wie Fortschritt vorangehen kann.« – Sehen Sie, man kann als Österreicher im Ausland sagen, was man will, selbst Schwachsinn klingt irgendwie sympathisch.

Verblödung

Die Menschheit verblödet. Die Maßeinheit der zeitgenössischen Verblödung ist die Quote. Sie ist aber auch das Ei jener Henne, wo man nie genau weiß, ob es nicht doch schon vor ihr da war. Denn es gibt zwei Möglichkeiten. Entweder ist die Quote die Mutter der Verblödung oder sie ist ihr Kind.

Auf das servicemäßige Verblödungsinstrumentarium TV übertragen hieße das: Entweder das Fernsehprogramm wird immer schwachsinniger, um sich der bereits beträchtlichen Blödheit der Zuseher anzupassen. Oder wir Zuseher werden immer blöder, um im Placeboeffekt jenem schwachsinnigen Programm gerecht zu werden, das uns a priori für blöd verkauft.

Wenn wir nun noch den Faktor Geld ins Spiel bringen, so gilt: Was Quote schafft, wird gesendet. Je blöder das Programm, desto mehr Menschen schauen zu, desto reicher werden die Blödmacher. Oder umgekehrt: Je blöder die Menschheit, desto höher die Einschaltquote des Schwachsinns, desto reicher werden die Blödmacher, desto ärmer werden wir Konsumenten im Geist.

Früher bedeutete abschalten: abdrehen. Heute heißt abschalten leider immer öfter: fernsehen.

Abgräden, daunloden

Wenn Bill Gates einverstanden ist, wollen wir heuer noch gern ein paar Worte eindeutschen, bevor es endgültig so weit kommt, dass wir wie unser eigener Computer sprechen. Vor allem auf dem Lande wird man für folgende Lautverschiebungen und Sinnerweiterungen dankbar sein.

Upgraden, abgräden: Programm auf neuen Stand bringen. Fisch skelettieren. (»Geh, hilf ma bitt' schön den Karpfen ogräden!«)

Attachen, etetschen: Jemandem ein Dokument schicken, ein Bild oder einen Text dazuhängen, anhängen. (»Von dir lass i ma ka Kind etetschen!«)

Deleten, dilieten: Löschen, streichen. (»Du kannst mich für immer aus deinem Gedächtnis dilieten!«)

Downloaden, daunloden: Herunterladen, Kühe melken. (»Hast heut schon die Resi daune'gloden?«)

Forwarden, vorworden: Weiterleiten, eine Begrüßungsrede halten. (»Papa, kannst du uns im Mai die Hochzeitsfeier vorworden?«)

Updaten, abdeten: Aktuelle Daten einbringen, Kalender mit Terminen füllen. (»Treffen wir uns im Februar, der Jänner ist bei mir schon voll abgedetet.«)

Spammen, spemmen: Mit unnötigem Material füllen, stopfen, konsumieren. (»Ich esse nichts mehr, ich bin bis oben hin zugespemmt.«)

Bettschikanen (I)

Es gibt kein Ding, das wir so oft verwenden und so selten thematisieren wie das Bett. Meist kommt es nur durch diese 0,05 Prozent randzweckdienlicher Benützung ins Gerede, wenn es darum geht, wer mit wem drinnen war, wobei hier obendrein sehr schlampig mit der Wahrheit umgegangen wird, weil viele dieser so genannten Bettgeschichten auf dem Teppich stattfinden oder ins Bad oder in die Kammer ausgelagert werden.

Bei Betten unterscheidet man, wie im Fußball, den Heimvorteil von der Mühsal der Auswärtsbegegnung. Das Lebensalter eines Menschen ließe sich grob anhand der mit zehn multiplizierten Anzahl jener Stunden pro Nacht berechnen, die man in einem fremden Bett unfreiwillig wach verbringt, weil der Geist zwar schlafwillig ist, aber der Knochen sensibel. Eine der brutalsten Schlafgelegenheiten ist das südeuropäische Hoteldoppelbett. Seine Schikanen: ein zu dünnes Leintuch für zwei. Darüber eine zu dicke Decke für zwei. Und: der adriatisch/iberische Knackwurst- oder Ciabatta-Polster, Genickbrecher der Nationen Italien, Griechenland, Spanien und Portugal. Eine Nacht als Bauchschläfer mit dem Kopf auf ihm – und ein Jahr physiotherapeutisches Training ist zunichtegemacht.

Bettschikanen (II)

Erlauben Sie, das drückende Weltklima wieder für ein paar Zeilen an den Rand jener Nebensächlichkeiten zu schieben, die wir jahrelang erdulden, weil sie uns nicht konsequent genug stören. Sprechen wir noch einmal über Hotelbetten. Da hat einer vor Jahren einmal keine gute Idee gehabt. Er dachte: Das Wichtigste in einem Hotelzimmer ist der erste Anblick des zahlenden Gastes, und so schön kann man eine Decke gar nicht falten, dass sie, plump auf dem Bette, nicht einen Hauch von Schlamperei beim Betrachter hinterlässt. So mache man ein kleines Kunstwerk daraus, lege man über das weiße Leintuch ein zweites, beschichte man es mit einer Wolldecke, lege man eine Fußdecke darüber und stopfe man den Dreiteiler wohl geglättet an all seinen Überhängen unter die Matratze, auf dass kein Zipfel mehr zum Vorschein komme. – Ja, das sah nun wirklich aufgeräumt aus. Divisionen von Raumpflegern in aller Welt wurden darauf trainiert, es immer und immer wieder so zu tun.

An uns Gästen liegt es seither, das Kunstwerk allnächtlich aufwändig zu zerstören, um die Stoffschichten in einen dem Schlafe gerechten Zustand zu bringen. Das heißt: Wir machen im Urlaub das Bett und zahlen dafür Zimmerservice.

Sommer statt Mode

Österreich ist von der Mode her klimatisch beungünstigt. Im Winter haben wir zu wenig Winter für eine eigene Wintermode. Im Sommer haben wir zu selten einen Jahrhundertsommer, um »outfit« zu sein. Jetzt im August geht uns bereits der Schmäh aus, was wir noch an- bzw. ausziehen könnten.

Das saisonal Erfreuliche: Je weniger die Österreicher anhaben, desto modischer sind sie gekleidet. Am FKK-Strand wären wir so fesch wie die Römer und Pariser. Leider verpatzen wir uns dann alles mit goldgelben Wulkaprodersdorfer Halsketterln, Ötztaler Gebirgsflinserln oder Gesundheitsbadeschlapfen Marke Atzgersdorf grüßt Honolulu. Dazu leisten sich die Damen die standardisierte alpen-adriatische nackenschweißsaugende Sommerdauerwelle für strapaziertes Haar, das nie gewaschen werden muss, um natürlich zu glänzen.

Das Bedenkliche: Je weniger die Österreicher anhaben, desto weniger kann ihnen die Mode etwas anhaben. Sie fällt einfach nicht mehr ins Gewicht. Während wir uns im Winter in wattierte Kartoffelsäcke verpacken, machen wir uns im Sommer dramatisch frei und zeigen, was alles da sein muss, dass es hat, was es wiegt. Und immer findet sich wer, der sich das anschauen muss.

Tourist, du glückseliger Irrgänger

Keiner ist kühner, keiner ist hilfloser, keiner gibt's billiger, kaum einer zahlt mehr.

Einer der ärmsten Menschen auf diesem Planeten ist der Tourist. Er verirrt sich organisiert in der Fremde und bezahlt viel Geld dafür, dass man ihm hilft, an Ort und Stelle in seine Welt zurückzufinden. Er versetzt sich mutwillig in andere Lebensumstände und bezahlt viel Geld dafür, dass man ihm hilft, darin sein Zuhause zu entdecken. Er ist auf der Suche nach Unbekannt und zahlt viel Geld dafür, dass man ihm zeigt, woran er es erkennen könnte. Er wirft seine mühsam anerzogenen und fürsorglich für den Alltag zurechtgestutzten Werte über Bord, um so zu leben, wie er glaubt, dass man dort lebt, wo es ihn hinverschlagen hat. Tatsächlich leben sie dort so, wie sie glauben, es ihm vorspielen zu müssen, damit er sich wie daheim fühlt (und damit er viel Geld dafür bezahlt).

Der Tourist begibt sich fahrlässig in einen psychischen Ausnahmezustand. Er ist schizoaffektiv aktiv (Städteurlaub) oder manisch passiv (Badeurlaub). Er sucht das Gewohnte im Ungewöhnlichen und die Idylle in der Trostlosigkeit. Dafür gibt er die kostbarste seiner Zeiten her, die Urlaubszeit. Ja, er ist kühn genug, sich im Urlaub zu wähnen, wenn er sich in der Geografie verliert, um nachher Geschichten darüber zu erzählen.

Seine größte Qualität ist die mentale Stärke. Er

schwebt, in der Euphorie des reisend der Welt einen Haxen Ausreißenden, über Sumpf- und Trockengebiete hinweg, stapft arglos stolz durch Staub- und Asphaltwüsten. Keine Ödnis hemmt ihn, keine Schikane verdrießt ihn. Er hat stets das Gefühl, es exakt so gewollt zu haben, wie es ihm unaufhörlich passiert, wie man es mit ihm macht, damit er möglichst viel Geld dafür bezahlt. Er zelebriert, kindlich gerührt, jeden seiner Sinneseindrücke. Er nimmt in huldigender Weise wahr, was ihm daheim nie aufgefallen wäre. Er steht mit feuchten Augen vor dem hässlichsten Kriegerdenkmal, liebkost die unleserliche Inschrift und blättert nervös in der Stadtführerbibel, um den mitreißenden Augenblick der Begegnung mit dem gerade noch fremden und nun so nahen Kulturgut faktisch abzusegnen. Sollte nichts darüber nachzulesen sein, fühlt er sich als Entdecker neugeboren und verabschiedet sich mit Ehrfurcht und stillem Respekt von der Gedenkstätte. Fotos werden ihn ewig daran erinnern.

Man erkennt den Touristen natürlich überall auf der Welt sofort, am schnellsten an seinem Äußeren. Er steckt im institutionalisierten Faschingskostüm der Freizeitindustrie, die ihn auf die Reise geschickt hat. Alles an ihm ist praktisch, bequem und pflegeleicht, ob goretexanisch (Sporturlaub) oder safariös (Tropenurlaub), ob bloß ärmellos (Ausflugsurlaub) oder bauch-, bein-, peinfrei (Strandurlaub). Viel an ihm riecht nach klimatisch bedingtem, stresslos entstandenem, also gesundem Schweiß, nichts nach Arbeit und Büro. Er ist vor der Abreise die Karriereleiter hinuntergekrochen, um am Fuße derselben in patzweiche vollimprägnierte Turnschuhe zu schlüpfen. Damit stellt er sich zwar mit einem einheimischen Laufburschen auf die gleiche gesellschaftliche Stufe. Aber dem Generaldirektor daheim fühlt er sich optisch überlegen. Er hat sich von ihm und der Firma freigekauft. Er benimmt sich unpässlich. Er hat die ökonomische Eitelkeit abgelegt und gibt es grenzenlos billig. Dafür zahlt er viel Geld.

Kann ich ein Eis?

Die Welt wandelt sich weder zum Guten noch zum Schlechten, sondern zum Gleichgestellten. Wie still etwa die Pädagogik steht, veranschaulicht ein Sprachvirus, der seit etlichen Generationen Kinder zwischen vier und zehn befällt. Er schneidet ihnen mitten im Wünschen das besitzergreifende Verb ab. Daraus entsteht die schale Frage nach dem Können ohne Haben. Das Zeremoniell geht so vor sich:

Kind: »Kann ich ein Eis?« – Mutter/Vater: »Was kannst du ein Eis? Bezahlen? Erzeugen? Herschenken?« – Kind (lächelt in vorgetäuschter Demut): »Nein, haben.« – Mutter/Vater (lacht triumphierend): »Na also, warum nicht gleich!« Mutter/Vater fühlt sich pädagogisch stark und klug. Kind bekommt das Eis. Alle sind glücklich.

Zwanzig Jahre später: Das Kind ist selbst Mutter/Vater und nimmt für die Belehrung aus der Kindheit Revanche am Nachwuchs. Das Kind hat den Sprachvirus genetisch übernommen und fragt: »Kann ich ein Cola?« – Mutter/Vater: »Was kannst du ein Cola? Sehen? Riechen? Verdunsten lassen?« – Kind (demütig lächelnd): »Nein, trinken.« Mutter/Vater: »Na also! Außerdem heißt's nicht ›ein Cola‹, sondern ein Glas Cola.« – Kind: »Kann ich eine Flasche Cola?«

Lenas Party

Leserin Birgit schildert uns folgenden Dialog mit ihrer vierzehnjährigen Tochter Lena. Lena: »Darf ich Samstagabend zur Party von der Jacky?« Mutter: »Wann beginnt die?« Lena: »Nicht vor zehn.« Mutter: »Das ist zu spät. Du weißt, um elf bist du spätestens zu Hause.« Lena: »Gut – selber schuld.« M: »Was heißt selber schuld?« L: »Man soll eh nicht mehr auf Partys gehen.« M: »Wie meinst du das?« L: »Na, dass ich mich mit Flo treffe.« M: »Aber um elf bist du daheim.« L: »Ja, das geht sich schon aus, denke ich.« M: »Was geht sich aus?« L: »Na, was wohl? Flo sagt eh immer: ›Diese blöden Partys. Können wir nicht einmal für uns zu zweit sein?‹« M: »Wo wollt ihr für euch zu zweit sein?« L: »Bei ihm daheim natürlich.« M: »Dort sind auch seine Eltern, das ist in Ordnung.« L: »Die sind am Samstagabend fort.« M: »Wo sind die?« L: »Was weiß ich, vielleicht auf einer Party.« (Sie haben bereits drei Kinder.) M: »Heißt das, ihr beiden wollt ...« L: »Na sicher, was glaubst denn du? Und zwar ohne Verhütung ...« M: »KOMMT ÜBERHAUPT NICHT IN FRAGE!« L: »Dann lass mich zur Party von der Jacky gehen!« M: »Aber um zwölf bist du daheim!« L: »Um eins.« M: »Aber allerspätestens.«

Frau Minister Gehrer, was haben Sie angerichtet!

Raucherpassion (I)

Schon in der Kindheit beginnt ihr Elend. In den Gebüschen müssen sie sich verstecken, um es zu tun. Daheim heißt es gnadenlos: »Hauch mich einmal an!« Dann graben die antiautoritärsten Eltern die Ohrfeige aus.

Bekennen sie sich mit achtzehn endlich dazu, zerbrechen die Mütter an der Schande. Junges Leben gilt als verpfuscht. Taschengeldexistenzen gehen daran zugrunde. Die schönsten Jeans werden brandgelöchert. Und in der Früh dann immer dieser scheußliche Husten und der Streusplitt in der Kehle.

Sex wird davor zur Nebensache, Essen danach macht keinen Spaß. Andauernd die Gruselgeschichten von verkohlten Beinen, zersetzten Lungen, vergilbten Fingern, zerfurchten Gesichtern. (Führt unweigerlich zu Magengeschwüren.) Stets dem Psychoterror der gnadenlosen Passivschnorrer ausgesetzt, immer der schale Geschmack des Verbrechertums in der Luft. Lüften, lüften – ständig werden um sie herum Fenster aufgerissen. Kein Wunder, dass sie so oft verkühlt sind und kränkeln.

Und jetzt also die öffentliche Ächtung. Raus aus den Büros, den Cafés, den Bars! Dublin schikaniert sie. Bozen quält sie. Zürich wird sie bald vierteilen. – Raucher sind arme Schweine.

Raucherpassion (II)

Jüngst wurde hier der Leidensweg einer Volksgruppe beschrieben, die überall lebt und sich bald nirgendwo mehr zu Hause fühlen darf – der Raucher. Vom ersten Lungenzug bis zum letzten Kettenqualm: Demütigung, Ächtung, Aussatz. Und nun auch noch Lokalverbot.

Die schlimmsten Schikanen fügen sie sich aber meistens selbst zu: Sie gewöhnen sich das Rauchen ab – ohne zu bedenken, dass man sich auch das Abgewöhnen angewöhnen kann. Oder anders: Der Mensch, ein Gewohnheitstier, bringt etwa die Kraft für zehn große Abgewöhnungen in seinem Leben auf. Raucher verbrauchen meist alle zehn, um sich das Rauchen abzugewöhnen. Danach rauchen sie wieder und haben sich auch sonst nichts abgewöhnt. Immerhin: Sie rauchen weniger. Je weniger sie rauchen, desto leichter könnten sie aufhören. Da sie dann aber wissen, wie leicht sie aufhören können, rauchen sie wieder mehr.

Oder anders: Wenn man sich das Rauchen für immer abgewöhnen will, müsste man nur auf eine einzige Zigarette verzichten: auf die nächste. So leicht wollen es sich Raucher aber nicht machen. Sie sind unter seelischen Schmerzen dazu bereit, auf *alle* Zigaretten zu verzichten. – Nur nicht auf die nächste.

Starre Helden

Ihre Saison geht langsam dem Ende zu. Gut, sie könnten sich noch einfrieren lassen, um ihre Glaubwürdigkeit zu erhöhen. Aber sie zählen ohnehin bereits zu den Helden der Nullerjahre, denn sie beherrschen die Fußgängerzonen Europas: die regungslosen, oft kreidebleichen Pantomimen, die so tun, als wären sie ein Denkmal. Für Wien reichen fünf Stück. In Barcelona ist bereits jede zweite Statue, die nicht von Antonio Gaudí geschaffen wurde, ein Pantomime. (So kommen die auf diese irre Bevölkerungsdichte.)

Das gemeinhin Lustige an diesen Gestalten ist ja, dass sie sich nicht bewegen. Dabei können wir sie stundenlang beobachten. (Vor Johann Strauss im Stadtpark schaffen das nur die Japaner.) Nun, wenn wir so einem Pantomimen eine Münze zustecken, dann durchzuckt eine menschliche Regung die vermeintlich starre Schale und die Statue blinzelt uns zu. Warum finden wir das so großartig, dass wir ständig Münzen nachlegen? Vielleicht, weil wir im Alltag unter exakt dem gegenteiligen Typus leiden: unter Marionetten, die nicht müde werden, uns anzuagitieren, und bei denen unser Geld nicht ausreicht, sie zum Verstummen zu bringen – wie das jährliche Budgetdefizit beweist.

Gemeine Mädchen

Benjamin geht seit zwei Wochen in die Schule. Wenn man ihn fragt, wie es ihm gefällt, sagt er gar nichts. Wenn man ihn fragt, was sie schon gelernt haben, sagt er: »Gar nichts.« (Nichts, was er nicht schon vorher konnte.) Wenn man ihn fragt, wie die Frau Lehrerin ist, sagt er: »Krank.« (Kleine Übertreibung, sie war nur die ersten drei Tage krank.) Wenn man ihn fragt, wie die Mitschüler sind, sagt er gar nichts. Wenn man ihn fragt, ob es in der Klasse mehr Buben oder mehr Mädchen gibt, sagt er: »Mehr Mädchen.« Wenn man ihn fragt, warum er das so traurig sagt, sagt er gar nichts. Wenn man ihn fragt, ob er, einst Schwarm im Kindergarten, plötzlich Probleme mit Mädchen hat, sagt er: »Nein, aber die sind so . . .« Wenn man ihn fragt, wie sie so sind, sagt er gar nichts. Wenn man ihn nichts mehr fragt, sagt er: »Die sind so gemein. Die geben uns keine Ruh. Und die Anna hat g'sagt, wir Buben sind alle blöd, weil Männer sind überhaupt alle blöd. Und die lachen uns dauernd aus. Und die Anna hat mir die Jause weggenommen . . .« (Er schnieft.) »Ich mag überhaupt nicht mehr in die Schule gehen!« (Er weint.) »Ich hasse Mädchen!« (Er schluchzt.)

Nun, es wird langsam Zeit für getrennten Unterricht von Mädchen und Buben.

Altsein hat Zukunft

In Zeiten des Abbruchs von Verhandlungen, des Blätterfallens im Wald, der täglichen Rücktrittserklärung an den Finanzminister (wenn schon nicht von ihm) und ähnlicher zeitgenössischer Vergänglichkeiten ist es beruhigend zu wissen, dass Ioan Holender (68) mindestens bis 2010 Direktor der Wiener Staatsoper bleibt. Er hat das Haus auf hohem Niveau ins 21. Jahrhundert geführt, heißt es. Wenn er so weitertut wie bisher, müsste er auch noch das 22. Jahrhundert packen. Die Oper ist ja an sich zeitlos, das Publikum geduldig. Und im Jahr 2050 werden ohnehin eine Million Österreicher älter als achtzig Jahre sein.

Erst vor einigen Wochen war Altbürgermeister Helmut Zilk (76) wiederentdeckt und für das Bundesheer requiriert worden. Mithilfe von Karl Schranz (65) wird er das Militär reformieren. Gerüchte, wonach Österreich beim nächsten Song Contest endlich wieder von Udo Jürgens (68) vertreten wird, sind noch unbestätigt.

Das große Vorbild für die Würde des Alterns im Amt, Karol Wojtyla (83), hat ja soeben seinen 25er überstanden. Wenn der Trend anhält, brauchen wir unsere reifen Jahre nicht zu fürchten. Nur der Weg dorthin wird mühsam. Denn den Alten gehört offenbar jene Zukunft, die den Jungen fehlt.

Ihre Unterschrift

Zu den wenigen Dingen, die man heute noch mit der Hand macht wie vor Jahrtausenden, zählt die Unterschrift. Zu einer guten österreichischen gehören zwei: einer, der sie ausführt, und einer, der einem vorher das Formular vorlegt.

Die amtsbekannteste Methode, jemandem eine Signatur abzunötigen, ist die wortlose. Man kann sie auch »die philosophische« nennen. Denn dem potenziellen Unterschreiber wird angesichts eines unter die Nase geriebenen Papiers sogleich die Daseinsfrage »Wo gehöre ich hin?« entlockt. Als Antwort schließt der Beamte zumeist die Augen (im Sinne von: erst schweigen, dann schauen, dann fragen). Ist er durchschnittlich gut gelaunt, sagt er: »Unten.« Oder: »Wo frei ist.« Oder: »Wo ›Unterschrift‹ steht.« Ist er gut gelaunt, nimmt er den Zettel und tippt mit drei Fingern in die Gegend des Ziels. Ist er sehr gut gelaunt: mit *einem* Finger. Ist er extrem gut gelaunt, malt er ein Kreuzerl hin. Steht er vor der Beförderung, vor dem Urlaub oder vor der Pensionierung, fixiert er die Stelle punktgenau mit dem Kugelschreiber und sagt: »Hierher, bitte sehr.« Oder: »Do eine, bitt'schen.«

Eilzug nach Neujahr

Der November, jener unterkühlte Eilzug, der von Allerheiligen nach Weihnachten rauscht, ist abgefahren. Bessere Nachrichten haben wir nicht. Wer am Ende des Monats aussteigen will, wird sich wundern, denn es gibt heuer keine Haltestelle mehr, und es wird immer schwerer abzuspringen, denn das Tempo nimmt von Woche zu Woche zu. Außer der Konjunktur stehen keine Bremsen zur Verfügung.

Die Innenausstattung des Zuges ist karg. Die Insassen schauen nicht mehr in den Spiegel, um zusätzlichen Kummer zu vermeiden. Sie sind grau gekleidet wie Ostspione und ernähren sich von Martinigänsen. Die Fenster im Eilzug sind zu, der Rauch im Raum sieht übernächtigt und verbraucht aus. Die Nachbarn wirken unnahbar. Die Körper, an die man sich schmiegt, sind die der Heizung. Die Strecke führt durch heimische Niesel-, Graupel- und Nebellandschaften. Schnee gibt es nur ohne Vorbestellung. Hin und wieder gelangt ein Punschaufguss in die Ventilation. Jeder Fahrgast bekommt sein Häferl zum Abfüllen für die anstehenden Adventfeiern. Jedes Abteil wählt einen Sprecher, der schon jetzt übt, viel Glück fürs neue Jahr zu wünschen. Aber Geduld: Die nächste Station wird erst der Frachtenbahnhof Jänner sein.

Gerechtigkeit für Schmalzes Brüder

In memoriam Maurice Gibb

Heute wird das neue Olympiastadion in Sydney eröffnet. Es fasst 110.000 Zuschauer. Es beinhaltet 53 Bars, 15 Küchen und 1.500 Toiletten. Zur Eröffnung singen und spielen die Bee Gees. Man will also prüfen, ob 1.500 Toiletten wirklich ausreichen.

Ganz ehrlich: War das jetzt lustig? Wenn Sie ja sagen, dann brauchen Sie gar nicht weiterlesen. Dann sind Sie nicht besser als alle anderen. Mit Gags wie dem oben aufgesetzten lebe ich seit gut dreißig Jahren (schlecht). Sie ahnen nicht, welch primitiver Untergriffe die seriösesten Musikkritiker der Welt fähig sind, wenn es gilt, die wehrlosen Gebrüder Gibb zu verarschen, die weder etwas für die Frisurmode der siebziger Jahre noch für ihre stilvollen, die schrillen Falsett-Töne zwangsfiltrierenden Vorbisse können: Schrecksirenen. Edelkastraten. Eunuchenkapelle. Hechelmaschinen. Schmalzes Brüder. Hasenzähnige australische Saatkrähen im zeitlosen Stimmbruch. Grammyträger für Verdienste um das organisierte Verbrechen an der Männlichkeit. Erfinder des intonierten Bauchschmerzes. Und so weiter.

Ich hingegen bin ein Bee-Gees-Fan. Ja, ich liebe sie! Es tut mir leid, Ihnen nichts Erfreulicheres mitteilen zu können. Ich weiß, dass ich damit jede Achtung verliere. Ich gebe auch unumwunden zu, dass das eine der drei großen Fehlentwicklungen meines Lebens war: 1.)1968:

Ich werde Anhänger des Wiener Sportklubs. 2.) 1970: Ich werde Bee-Gees-Fan. 3.) 1979: Zu peinlich, verrate ich Ihnen nur unter vier Augen.

Bee-Gees-Fan wurde ich so: Ich bekam zu Weihnachten einen Kassettenrekorder. (Er muss damals gerade erfunden worden sein.) Ich nahm die Hitparade von Ö3 auf, darunter Größen wie Pop Tops, Les Humphries, New Seekers, Mouth & McNeill und Tony Christie. Ich aber hatte nur Ohren für einen Song. Nein, es war nicht primär der Text. Der ging: »This world is your world and your world is my world and my world is our world«, und so weiter. – Also nicht schlecht für die damalige Zeit, aber die Melodie war noch viel besser. Und diese Stimmen! Erst fürchtete ich, der Tonkopf des Rekorders würde bersten. Dann erst erkannte ich: Das sennenhundartige Hecheln des haarmäßig dicht besiedelten Mister Barry Blendamed Gibb ist reine Absicht. Das heftige Gurgeln mit anschließendem vorgetäuschten Ertrinkungstod des hageren Mister Robin Zahnspange? Kenne ich nicht! Gibb – ebenso gewollt. Das polypenhafte Brummen des schütter besetzten Mister Maurice Kukident Gibb – unverzichtbar. Die Brüder wollen das so. Und die machen das ganz, ganz großartig! – Von da an war ich Bee-Gees-Fan. Von da an nannten mich meine Mitschüler überraschend Schnulzi. Von da an blieb ich Bee-Gees-Fan im Geheimen.

Zugegeben, ich hatte mir einen eher ungünstigen Zeitpunkt für den Beginn der Verehrung der drei Hübschen ausgesucht. Denn »Spicks and Specks«, »New York Mining Desaster 1941«, »Massachusetts«, »World«, »Words«, »To Love Somebody« und »How Can You

Mend A Broken Heart« waren bereits gegessen (wenn auch von Beatles-Kundigen und Stones-Hörigen noch nicht verdaut; die Beach-Boys-Fans waren gerade verhindert, die surften durch Kalifornien oder was). Und die neue Bee-Gees-LP »Odessa«, ein imposant jammervolles Orchesterwerk, stieß auf internationales Ohrensausen. Danach trennten sich die Brüder, fanden rasch wieder zusammen und brachten die grenzgenialen Scheiben »To Whom It May Concern«, »Life In A Tin Can« und »Mr. Natural« auf den Markt, äh, fast auf den Markt, also: an den Rand des Markts. Okay, die Scheiben verkauften sich nicht. Sie gefielen keinem. Keinem außer mir.

Die Bee Gees verschwanden, das Leben ging weiter, ich ging mit Emerson Lake & Palmer, Yes, Genesis und den Doors fremd. Meine Spötter aus der Schulklasse waren bei »Highway Star« von Deep Purple stecken geblieben (in Wien-Favoriten sagte man Heiwästaa), und wenn sie eine Gitarre sahen, mussten sie sich dringend die vier Töne von »Smoke On The Water« runterladen, sonst wären sie's nicht gewesen. – Es war eine schrecklich kulturlose Zeit.

Ende der Siebziger hatte ich einen unangenehm homoerotischen Traum. Aber es war keiner. Es waren die auferstandenen Bee Gees, fein herausgeputzt, geschniegelt wie Firmlinge im Mainzer Karneval, mit wallender Vitaminshampoo-fülliger Haartracht, gut genährt und fest abgebunden in hellblauen Glitzerkostümen. Sie waren die Macher des plötzlich ausgebrochenen Saturday Night Fever. (Dabei ist ihnen die brüderliche Stimmlage um ein bis zwei Oktaven in die Höhe geschnalzt.) Sie hatten den Disco-Sound, nein, nicht erfunden, sondern frisörsalonfähig gemacht. Fiebrige Lehrlinge aller Länder vereinigten sich zur neuen Musik meiner Lieblinge, okkupierten jeden Millimeter Tanzfläche und verrenkten sich und einander im Sinne von John Travolta und Olivia Newton-John.

»You Should Be Dancing«, »Stayin' Alive«, »Night Fever«, »How Deep Is Your Love« – das kennen wir, nicht wahr? Da können wir jetzt wieder alle gemeinsam spotten. Dass sich das Album 24 Wochen an der Spitze der Charts hielt, dass davon 40 Millionen Stück verkauft wurden, dass »Saturday Night Fever« somit einer der bestverkauften Soundtracks aller Zeiten ist – kümmert uns nicht. Reife gestandene Mannsbilder haben sich nicht in derart memmenhaft orgiastisch hohe Töne zu versteigen, hieß es im gespitzten Volksmund der gespreizten Musikkritik. Bee Gees, buuuh. Aber nicht mit mir!

Sicher, ich selbst wäre in keine Sinnkrise geraten, hätte ich die Discophase der Brüder Gibb versäumt. Aber ich war gerührt, dass sich meine Herzensfreunde für ihre früheren romantischen Verdienste jetzt schöne bunte Kostüme und sicher auch gutes Essen leisten konnten. Ich verzieh ihnen sogar das beatlemanische Sgt. Pepper, ein Musical, bei dem selbst Andrew Lloyd Webber Schweißausbrüche bekommen haben musste und welches die Welt weder verändern noch in Disneyland verwandeln konnte.

Zwischen 1978 und 1980 waren Musikgeschäft, Disco-Sound und Bee Gees identisch. Mit »Spirits (Having Flown)« hatten die Brüder ihren absoluten Höhepunkt erreicht (ein Halbton höher, und man hätte nichts mehr gehört). Ich kannte nur ein einziges Lebewesen, welches das hohe Fis ähnlich trillerpfeifenhaft herauswimmern konnte wie Robin Gibb bei »Tragedy« – es war mein seliger Irish Setter Prinz, als ihm der Tierarzt das Maul zuhielt und ein Weizenkorn aus dem Ohr zog.

Einen Hauch maskuliner wurde die Angelegenheit, als sich Barbra Streisand von Barry Gibb mittels »Guilty« unter die Arme greifen ließ. (Wer zu »Woman In Love« nicht geschmust hat, hat nicht gelebt!) Dionne Warwick wurde von Barry mit »Heartbreaker« erstversorgt, Diana Ross bekam »Chain Reaction«, Dolly Parton und Kenny Rogers erbten »Islands In The Stream«. – Alles Welthits, selbstverständlich.

So überraschend wie die Bee Gees 1977 aufgetaucht waren, so wenig überraschend tauchten sie 1981 unter. Der Spott wich der Ignoranz. Ich atmete durch. Jetzt hatte ich sie wieder für mich allein. Mit »Living Eyes« entstand ein wunderschönes und sogar ansatzweise schräges Album. In Österreich war ich wahrscheinlich einer von fünf, die es besaßen, und der Einzige, der es öfter als fünfmal hörte. Damit verdienten sie natürlich nicht viel Geld. Aber sie hatten noch Ersparnisse und gönnten sich eine sechsjährige Verschnaufpause. Alle dachten, das wäre es dann gewesen.

1987 waren die Bee Gees plötzlich wieder zur Stelle und sangen völlig zu Recht »You Win Again«. In den USA wurde dieses epochale Ereignis verschlafen. In Europa segelten die Gibbs, in deren Gesichtern der jahrzehntelange, über den Verhältnissen hohe Gesang schon furchige Spuren des Schmerzes hinterlassen hatte, auf einer dritten Welle des Erfolgs. Auch »Secret Love« besuchte die Charts gut. Die CD »Size Isn't Everything« (1993) gehörte dann wieder mir allein. Ein Meisterwerk. Ich spiele es Ihnen gern einmal vor.

Nun, wir sind schon beinahe in der Gegenwart. Und da bietet sich uns folgendes skandalöses Bild: Alle großen und sehr viele kleinere Bands der Vergangenheit waren bereits mindestens dreimal abwechselnd Kult, Mythos und Legende. Die Bee Gees, die mehr als 100 Millionen Platten verkauft hatten – noch nie! Die braven Familienväter mit ihren Dutzenden Kindern, die so gern mehr von ihren Papas hätten, müssen weitermachen. »Still Waters« – ge-ni-al! »Alone« – ein dinosauriergroßer Ohrwurm der Sonderklasse. Was macht die renommierte Musikpresse? Sie klagt die Bee Gees wegen Rückfallstäterschaft im Sinne der dreißigjährigen fahrlässigen Entzündung von Geschmacksnerven an. In der Zwischenzeit vergehen sich mehr und mehr Stars in Cover-Versionen am großen Werk der Brüder. – Jede Menge Nummer-Eins-Hits, selbstverständlich. Den Bee Gees selbst bleibt nur die Flucht nach vorne. Sie müssen Heulsuse Céline Titanic Dion mit dem Nachfolgewelthit »Eternity« versorgen. Es kommt zu einem großen gemeinsamen Auftritt in Las Vegas. Heute geben die Unverwüstlichen in Sydney ihr letztes einer Serie von fünf One-Night-Only-Konzerten. 100.000 Zuhörer werden dabei sein. Ich bleibe in Wien und wehre die nächste Welle von Untergriffen ab.

PS: Abschließend möchte ich mich bei Thomas (19) bedanken, ohne den diese Geschichte nicht zustande gekommen wäre. Er, der Marilyn Manson hört, bei Radiohead die Nase rümpft und die Stones milde belächelt, hat sich vergangenen Samstag eine Bee-Gees-CD von mir ausgeborgt. Ich war gerührt und sagte: Du kannst alle vierzig Platten und CDs haben! Er: Danke, eine genügt. Ich brauche sie nur als Gag für eine Party. Und ein schmutziges Grinsen schlich über seine Mundwinkel.

Schallplattenalter

Heute fragen wir uns wieder einmal, wie alt wir in letzter Zeit geworden sind.

1. Nicht sehr alt im Vergleich zur Unterhaltungsmusik. Cher zum Beispiel singt schon seit vierzig Jahren – und keineswegs nur für sich allein. Will man auf Ö3 zu früh Nachrichten hören, ist sie verlässlich zur Stelle und verscheucht einen mit ihrem gnadenlosen »I believe«. Was machen die Eltern der gehörverwirrten Ö3-Kinder? Sie weichen auf FM4 aus und lernen dort täglich neue, abgefahrene Beatles-Schlüpflinge kennen. Wenn gerade nicht gecovert wird, wird zumindest revivalt. So bleiben die Ohren der Alten ewig jung.
2. Endlich rafft sich einmal eine Siebziger-Runde auf und kramt Schallplatten von Peter Tosh aus der Lade. »Leg Johnny B. Goode auf!«, ruft ein Enthusiast. Schon lehnt sich sein Freund über den Plattenspieler und visiert mit der Nadel die Nummer vier an. Da macht sich Benni bemerkbar, der siebzehn Jahre, also schon ewig auf der Welt ist. (Als er geboren wurde, hatte sich Cher erst so richtig eingesungen.) Benni fragt nun allen Ernstes: »Wie wisst ihr eigentlich, wo auf der Schallplatte ein Lied anfängt?«

Sind wir nicht ziemlich alt geworden in letzter Zeit?

Kein stolzes Zitat

Unlängst wurde bei uns am äußersten Rande von Wichtigerem (und selbst da nur beiläufig) diskutiert, von wem der Ausspruch »Journalismus ist Wiederholung« stamme. Zu meiner Freude: Auch mir wurde das Zitat zugeordnet. Und ich erinnere mich: Ich habe »Journalismus ist Wiederholung« tatsächlich wiederholt verwendet. Ich muss aber gestehen, dass ich den Satz selbst irgendwo aufgeschnappt habe. Und wäre er auch meine Erfindung gewesen, so frage ich Sie: Könnte ich stolz darauf sein? Wäre mir da eine Schöpfung geglückt? Oder verhält es sich mit »Journalismus ist Wiederholung« nicht ähnlich wie mit: »Liebe ist nur ein Wort.« Oder: »Es ist nicht alles Gold, was glänzt.« Oder: »Kinder, wie die Zeit vergeht.« – Große, lyrische Wahrheiten zwar, die die Menschheit zum völkerverbindenden Kopfnicken veranlassen könnten. Aber in der Wortwahl aus keinem sehr hinteren Eck des Gehirns geholt, eher aus einem der billigen Regale des Gaumens, jederzeit lieferbar, oft schon auf der Zunge zum Auswurf bereit.

Bleibt zu hoffen, dass ich den wahren Erfinder von »Journalismus ist Wiederholung« jetzt nicht zu Tode beleidigt habe. Und den wiederholten Erfinder von Journalismus obendrein.

Eigentlich (I)

Ist Ihnen eigentlich schon aufgefallen, dass wir Österreicher unverbesserliche »Eigentlich«-Sager sind? Eigentlich gibt es auch fast nur gute Gründe, das eigentlich jederzeit vernachlässigbare Wörtchen so oft wie unnötig zu verwenden. Denn im eigentlichen Sinne ist es urösterreichisch, da es einen uneigentlichen Sinn in Aussicht stellt, den es eigentlich nicht gibt. Und eigentlich bedeutet eigentlich ja »genau genommen«, was dem Österreicher eigentlich nicht besonders liegt. Statt etwas genau zu nehmen, sagt er lieber »eigentlich«, das ist kürzer und strengt genau genommen deutlich weniger an.

Ein Satz mit »eigentlich« klingt zudem klüger als einer ohne. Er kommt eigentlich immer wohl überlegt daher, täuscht einen Geistesblitz vor, unterstellt eine Eingebung, verspricht eine plötzliche Erkenntnis. Wer »eigentlich« sagt, vermittelt den Eindruck, gerade etwas Unerwartetes auszusprechen, das ohne »eigentlich« kaum als unerwartet erkannt werden würde.

Eigentlich (II)

Eigentlich sei »eigentlich« irgendwie noch gar nicht österreichisch genug, meinen einige Leser. Und das trotz Kafkas Vorgabe: »Ein unschuldiges Kind warst du ja eigentlich, aber noch eigentlicher warst du ein teuflischer Mensch!« (Das Urteil.) Aber irgendwie war Kafka ja kein Österreicher, sondern eigentlich ein Tscheche, außer wir feiern gerade seinen Todestag.

»Irgendwie« – das soll unser Wort der Stunde sein! »Irgendwie« – das ist unüberbietbare austrophilosophische Alltagspräzision. Mit »irgendwie« liegen wir eigentlich punktgenau richtig. Die Geschichte lehrt uns, dass es irgendwie immer weitergegangen ist. Wenn wir gegenwärtig am Boden liegen, so trösten wir uns zukunftsreich: Irgendwie wird's schon wieder werden. Und wenn es nie mehr wird, dann hat es halt irgendwie nicht sein sollen.

Irgendwie schafft Österreich ja auch den Spagat zwischen größter Steuerreform des Jahrtausends und Nulldefizit. Irgendwie muss es nur noch gelingen, elf Österreicher unter die ersten zehn eines internationalen Skirennens zu bringen. Dann wären wir gegen die Welt von außen langsam eigentlich irgendwie endgültig immun.

Eigentlich (III)

Unter eifriger Mitwirkung der hellsten Leserinnen und Leser des Landes konnten weitere wichtige Füllwörter der Gegenwart ausfindig gemacht werden, ohne die die heimische Sprache unter der Last ihrer puren Sinnhaftigkeit zusammenbrechen würde. Die Österreicher sind nämlich nicht nur leidenschaftliche »Eigentlich«- und chronische »Irgendwie«-Sager. Sie verwenden auch liebend gern:

a) »Liebend gern«, am liebsten im Konjunktiv der charmanten Verweigerung: »Ich würde ja liebend gern, aber du weißt (...)«
b) »Meinetwegen«, auch »z'wegen meiner«, aus der österreichstämmigen Familie der Wurschtigkeit.
c) »Durchaus«, das kompromisslose »Eigentlich« der politischen Gelassenheit. Es behauptet und begründet sich in sich selbst und stärkt damit durchaus den Glauben an die Kraft der eigenen Worte.
d) »Sozusagen«, die Zentrale des gesagten Nichtsagens. Passt immer, wenn etwas so, wie es gesagt wird, sozusagen nicht klar genug ist, wenn man es sozusagen aber nicht besser sagen kann, oder wenn man sozusagen überhaupt noch nicht weiß, was man eigentlich sagen will. Und das kommt durchaus öfter vor.

Eigentlich (Ende)

Ende der Kurzserie, wir fassen zusammen: Es wird mehr gesagt, als getan werden müsste. Es wird aber auch mehr geredet, als gesagt werden sollte. So entstehen Füllwörter. Beginnen wir, sie aufzuzählen, merken wir, dass es eigentlich fast nur Füllwörter gibt. Selbst lange Reden haben häufig nur den kurzen Sinn, einen solchen vorzutäuschen. Dafür ist dem (oft politischen) Redner jede Hülse recht, egal ob »eigentlich«, »irgendwie«, »durchaus« oder »sozusagen«.

Heute nehmen wir noch »praktisch« dazu: passt praktisch immer, vor allem Theoretiker verwenden es liebend gern. Ferner: »Faktisch«, das ist mehr für die Praktiker und kommt irgendwie immer gut, wenn einem die Fakten fehlen. Oder: »Nicht wirklich«, nie wirklich notwendig, stört aber eigentlich auch nicht wirklich. Oder: »Gewissermaßen«, das ist sozusagen das »Durchaus« des bekennenden Wankelmuts und verfügt über prächtige fünf Silben. Während man sie spricht, kann einem gewissermaßen schon einmal ein Gedanke einschießen.

Einige Leser wollen hier auch noch »an und für sich« erwähnt sehen. Geht zwar auf Hegel zurück, aber dem kann das heute an und für sich egal sein. Und uns eigentlich durchaus auch.

Ausgekocht

Erfreuliche Neujahrsbotschaft aus der von guten wie von bösen Geistern verlassenen Grenzregion, wo sich demnächst unvorbereitet EU-Land auftun wird (sollte sich der Nebel lichten): Im ruhenden Gasthaus der Familie M., das nur noch der örtlichen Feuerwehr als Bierauffanglager dient, wird von nun an am Wochenende »ausgekocht«. Ausgekocht? – Das hieß es doch einst über die Wäsche im großen silbernen Bottich. Ausgekocht – das war das graue lasche Beinfleisch, das seinem Knochen in der Suppe davonschwamm. Ausgekocht – das waren Schlitzohr, Frevler und Bandit.

Und nun der heroische Neustart im tiefen Waldviertel: Bei den M.s wird nicht mehr nur eingekocht, um den Winter im Dorf zu lassen. Es wird nicht nur aufgekocht – grandios übrigens und zur Hälfte der Wiener Preise. Nein, der Sohn ist vom gastronomischen Westen heimgekehrt und nimmt den Betrieb in die Hand. Und so verkündet die Schwiegertochter, erstmals in ihrem Leben nach Öffnungszeiten befragt, anmutig und stolz: »Samstag- und Sonntagmittag wer' ma jetz'n auskochen!« – Hinaus in die weite Welt. Wir dorffremden Gäste sind herzlich willkommen. Gerade noch rechtzeitig, bevor uns der neue EU-Osten einzubraten versucht.

Mut zum Oarsch

1. Kollege P. erzählt uns von einer Bekannten, die vor Weihnachten in der U-Bahn folgende pädagogisch aufwühlende Szene erlebt haben will (und bis Juni nicht aufhören konnte, sie weiterzureichen). Kind: »Wohin fahr' ma?« Mama: »Zur Oma.« Kind: »Mag aber nicht zur Oma!« Mama: »Warum nicht?« Kind: »Die Oma is oarsch.« Mama: »Pst!« Kind (lauter): »Die Oma is oarsch.« Mama: »Psssst!« Kind (noch lauter): »Die Oma is oarsch.« Unruhe unter den Fahrgästen. Kind (schreit): »Die Oma is oarsch!« – Mama: »Wenn du nicht sofort still bist, wird dir das Christkind heuer was scheißen!«
2. Rainhard Fendrich hat eine neue, österreichische CD herausgebracht. »Ich wollte mich sprachlich nicht mehr an den deutschen Markt anpassen«, meinte er dazu in einem Interview: »Früher habe ich oft wochenlang überlegt, wie ich ›Oarsch‹ umschreibe, wenn ich es so meine.« (Auf »Oma« wäre er nie gekommen.)

Wir halten dem entgegen, dass es niemals schwer war, Oarsch zu sagen. Hingegen ist es von jeher schwer, Oarsch zu schreiben (inhaltlich wie orthografisch). Aber wahrlich mutig sind nur diejenigen, die es wagen, einen Oarsch beim Namen zu nennen.

Für immer Osten

Der Mai marschiert auf. Die Europäische Union erweitert ihren Osten. Österreich findet sich plötzlich wieder in der Mitte, wo es sich am wohlsten fühlt, weil es »Herz« sein kann, ohne (sich in eine Richtung) schlagen zu müssen.

Drei der jährlich 300.000 Neo-EU-Touristen, die in unserer Heimat den Westen entdecken wollen, waren bereits da: Warschauer Musikstudenten besuchten ihre Wiener Freundin Agnes. Es waren herrliche Tage, berichtet die Gastgeberin. Beinahe hätten ihre Freunde in der Hotelpension auch tatsächlich gefrühstückt. (»Frühstück nur bis zehn Uhr!«) Beinahe hätten sie in Mariahilf einen MD-Player gekauft. (»Es ist strengstens verboten, die Ware zu berühren!«) Beinahe hätten sie T-Shirts anprobiert. (»You take it or not?«) Beinahe hätten sie sich Modefrisuren zugelegt. (»Ohne Waschen kein Schneiden!«) Beinahe hätten sie Kaiserschmarren gegessen. (»Leider, nur was auf der Karte steht!«) Beinahe hätten sie sich mit einer Wiener Melange zufriedengegeben. (»Wir sind ein Restaurant. Das Gedeck müssen S' auf jeden Fall zahlen!«)

Fazit: Die polnischen Studenten haben sich in Wien beinahe so wohl gefühlt wie daheim vor fünfzehn Jahren. Und sie haben dafür fast kein Geld ausgegeben.

Lässig ist uncool (I)

Um die Jungen zu verstehen, muss man ihre Sprache sprechen. Um ihre Sprache zu sprechen, muss man ihre Sprache kennen. Um sie zu kennen, muss man sie hören. Um sie zu hören, muss sie aber erst gesprochen werden. Damit sie gesprochen wird, muss sie wer sprechen. Um sie zu sprechen, muss man selbst ein Junger sein. Also leider. Keine Ahnung, was die heute sprechen. Vermutlich wollen sie nicht von uns verstanden werden.

Eines ist aber durchgesickert: Im jahrzehntelangen Gigantenduell zwischen »lässig« und »cool« hat sich »cool« ganz klar durchgesetzt. »Lässig« ist heute schwer uncool. Wer lässig sein will, lässt es sich nämlich anmerken, und das ist out. »Cool« funktioniert nur mittels komplizierter Geheimcodes. Wer nicht weiß, dass ein Ding cool ist, würde es nie vermuten.

Wenn wir den Jungen »coole Fetzten« kaufen wollen, damit sie lieb zu uns sind, dann scheitern wir kläglich. Wir kaufen ihnen dann höchstens lässige Fetzen, und die sind, wie gesagt, schwer uncool. Wir glauben nämlich, dass man einer Hose, die 120 Euro kostet, doch wenigstens ansehen sollte, dass sie cool ist. Aber wenn man es ihr ansieht, ist sie eben nur lässig, also schwer uncool. So wie wir. Das ist unser Problem.

Lässig ist uncool (II)

Wir sind hier zwar an sich keine Elternberatung, aber das Schicksal der Familie R. lässt uns nicht kalt. Kathi (15) droht ihren Eltern Ächtung und Isolation an. Zu Eva (34) sagt sie: »Mama, wenn du dich nicht altersgemäß anziehst, sondern weiter wie ein Teenie herumrennst, geh ich mit dir nicht mehr auf die Straße!« Martin (38) schwor sie: »Papa, wenn du vor meinen Freunden noch einmal ›ur‹, ›mega‹ oder ›cool‹ sagst, wirst du nie wieder einen von ihnen zu Gesicht bekommen!«

Eltern sind dazu da, es den Kindern nicht recht machen zu können, das ist ihre pädagogische Funktion. Wer steife Eltern hat, wünscht sich lockere. Wer lässige hat, wünscht sie sich fort. Kathis Botschaft: Eltern, Alte, Oide, bleibt erwachsen! Biedert euch uns nicht an! Glaubt nicht, es sei cool, solche Worte zu verwenden, ausgelutschte Klischees vermeintlicher Jugendlichkeit. Damit schindet ihr etwa den Eindruck, der entsteht, wenn eine Ministerin einen Gesundheitspass für Junge als »megaaffentittengeil« bezeichnet. Soll es so weit kommen? Also bleibt bei »gut« und »fein«, aber lasst bitte die euch fremde Coolness sein.

PS: Geben Sie nicht auf, Herr R.! Probieren Sie es einmal mit »freeze« oder »gschmeidig«.

Lässig ist uncool (Ende)

Es sei hier noch eine beliebte Formulierung erwähnt, die alles über den Zustand aussagt, in dem wir die jüngere Generation nur deshalb nicht antreffen, weil wir ja nie dabei sein dürfen. Das Wort heißt: »abhängen«. Es leitet sich vom »Herumhängen« der neunziger Jahre ab und zeigt schön die Entwicklung: Vom vielen Herumhängen wurden die Kids so müde, dass sie einmal ordentlich abhängen mussten – einmal wöchentlich, meist Samstagnacht. Am Sonntag hängen sie dann wieder herum.

»Abhängen« eignet sich gut als Antwort auf eine heillos naive Frage, die sich Generationen von Eltern einfach nicht abgewöhnen können: »Wenn ihr in dieses Lokal geht, was macht's ihr da eigentlich bis zwei (drei, vier) Uhr in der Früh?« Sollen sie sagen: Bier trinken, tanzen, schmusen? Nein, sie sagen: »Abhängen«. Wohl auch deshalb, weil sie tatsächlich weder tanzen noch schmusen, sondern abhängen – und Bier trinken.

»Abhängen« muss man sich als eine Art Coolness auf höchstem Niveau vorstellen, als endgültige Überwindung der Lässigkeit. Schade nur um die Zeit. Wir Ewiggestrigen hätten stattdessen wenigstens ein bisschen geflirtet.

Kennpflichtig (I)

Ein Freund erzählte uns, dass ihn unlängst innerhalb einer Stunde drei ihm völlig fremde Menschen auf offener Straße in Wien begrüßt haben. Das belastet ihn.

Entweder er erkennt die Gesichter seiner Bekannten nicht mehr. Oder, was er für wahrscheinlicher hält, sie waren ihm tatsächlich nicht bekannt. Das könnte heißen, dass man ihn verwechselt hat, vermutlich mit ein und derselben Person. Er schaut also wem ähnlich, der so viele Bekannte hat, dass ihm in einer Stunde drei davon auf offener Straße begegnen.

Sie haben ihn übrigens recht distanziert gegrüßt, sagt er. Vielleicht haben sie ihn mit einem Prominenten verwechselt. Tatsächlich sieht er wie eine Mischung aus Robbie Williams und Wolfgang Schüssel aus, eher Schüssel sogar, freuen wir uns stets zu betonen. Vielleicht schaut er auch nur wie einer aus, der darauf Wert legt, begrüßt zu werden, wie ein Lehrer, der es ins Klassenbuch einträgt, wenn ihm ein (Ex-)Schüler nicht die Ehre erweist. Oder, und das ist seine ärgste Befürchtung, er sieht so drein, als müsste man ihn kennen – und zum Beweis dafür grüßen. Damit stünde ihm die jämmerlichste Frage, die ein Mensch je aussprechen kann, bereits ins Gesicht geschrieben: »Wissen Sie nicht, wer ich bin?«

Kennpflichtig (II)

Wenn bei einem Menschen (zumeist männlichen Geschlechts) der Wunsch nach Größe und das Gefühl der Größe größer sind als die Größe selbst, so ist dies der Nährboden für dessen jämmerliche Anfrage: »Wissen Sie nicht, wer ich bin?«

Dazu passt eine nette Geschichte, die jüngst in der »Wiener Zeitung« zu lesen war. Sie handelt von einem Mann, den vor einigen Wochen dank einer ausgeschlachteten Unterhose jeder Österreicher zu kennen verpflichtet wurde. Ihm hatte vor vielen Jahren, als er noch für seine Lieder bekannt war, ein Ferial-Postbote einen Eilbrief zugestellt. »Sind Sie der Herr Fendrich?«, fragte der Postler an der Tür. Der Barde bestätigte leicht indigniert. »Dann kriag i da a Autogramm von Ihnen«, forderte daraufhin der Bote.

Ein Jahr später, so wollte es die Hauszustellung, läutete es bei den Fendrichs abermals. Der Sänger öffnete, der Postler grinste und sagte: »Sie sind der Herr Fendrich!« Pause. »An Sie erinner' ich mich nämlich noch aus dem Vorjahr!«

Nicht überliefert ist, wie Fendrich darauf reagierte. Aus heutiger Sicht wäre es möglich, dass er schon damals zu seiner (Ex-)Frau gesagt hat: »Andrea, man weiß zu wenig, wer ich bin. Wir sollten was dagegen tun.«

Kennpflichtig (III)

Heute eine kleine Übersicht zur Praxis österreichischer Begegnungszeremonielle.

Wen man grüßt: Jeden, der einen zuerst grüßt. Jeden, der einem die Hand reicht. Jeden des Dorfes von weniger als 500 Einwohnern, das man besucht. Jeden der Gemeinde von weniger als 7000 Bürgern, in der man lebt. Jeden Bergwanderer, sofern der Berg nicht mehr als 50 Wanderer pro Stunde zum Gruß freigibt. Jeden Waldviertler, den man im Winter im Waldviertel antrifft. (Dabei verlernt man allerdings das Grüßen.) Jeden Städter, dem man zeigen will, dass man vom Land kommt.

Wen man besonders freundlich grüßt: Einen Polizisten vor der Führerscheinübergabe. Einen Anästhesisten vor der Narkose. Die erste Krankenschwester nach dem Aufwachen. Einen Kaufhausdetektiv noch vor der Kassa. Einen knurrenden Hund vor dem Sprung. Den Chefredakteur auf dem Gang. Die beste Freundin derjenigen Frau, die einen nie anschaut.

Wen man nicht grüßt: Großstädter in der Großstadt. Radfahrer auf dem Radweg. Sitznachbarn in der U-Bahn. Autofahrer, die man überholt hat. Prostituierte, außer rein dienstlich. Austrianer im Rapid-Sektor. Piloten während des Flugs. Teppichverkäufer in Marrakesch. Wiener im Urlaub.

Kennpflichtig (Ende)

Gestatten Sie noch eine abschließende Episode zum Recht des Prominenten, als solcher öffentlich erkannt zu werden, andernfalls seiner Berühmtheit soziale Tristesse anhaften könnte.

Es war in einem Wiener Café Anfang der neunziger Jahre, als uns ein Freund entgegenkam, den wir von unserem Tisch aus freudig herbeiwinkten. Da schob sich uns ein Senior mit wucherndem Barthaar ins Blickfeld, der unser Winken auf enthusiastische Weise erwiderte, im festen Glauben, unser Gruß hätte soeben ihm gegolten. Er bemühte sich, in uns junge Freunde zu erkennen, und schritt mit Glanz in den Augen feierlich auf uns zu. Da erst spürten wir die Wucht des Schicksalsschlags, der uns ereilte: Es war – Gottfried von Einem.

Nicht nur, dass der große Komponist in derselben Epoche im selben Lande lebte und zur selben Stunde dasselbe Kaffeehaus anstrebte, war er auch noch bereit, uns die Hand zum Gruße zu reichen. Doch unser Freund überholte ihn knapp vor dem Ziel. Und von Einem, das Genie, musste erkennen, dass nicht er der Willkommene war, sondern ein kleiner Unbekannter, der vielleicht nicht einmal den Notenschlüssel richtig setzen konnte. Wir begrüßten diesen so unfreundlich wir nur konnten.

Spiel ohne Ball (I)

Vor einiger Zeit wäre Österreich fast eine Eishockey-Nation geworden. Zweieinhalb gelungene Spiele hatten gereicht, um urinstinktmäßige Volksbegeisterung zu entfachen. Sie rührt aus der Kindheit: UdSSR gegen CSSR auf Eis war der heißeste Kalte Krieg, der uns jemals schwarz-weiß in die Stube geliefert wurde.

Eishockey zum Zusehen hat eigentlich nur ein grobes Handikap. Leserin Ulla und Sohn Eugen (4) haben es schön herausgearbeitet. E: »Was machen die da?« U: »Eishockey spielen.« E: »Warum haben die Tore?« U: »Dort müssen sie reintreffen.« E: »Warum haben die Stangen?« U: »Das sind Schläger, mit denen müssen sie reintreffen.« E: »Und wo ist der Ball?«

Ja, wo? – Es gibt ihn nicht. Es gibt einen Puck. Und den sieht man nicht. Das heißt: Man sieht ihn nur, wenn er stillhält, was nicht seine Aufgabe ist. Manchmal flitzt ein schwarzer Wuzel zwischen den Pantomimen herum. (Puck im Spiel.) Oft krümmt sich ein Tormann. (Puck darunter.) Hin und wieder reißt ein Team die Hände hoch. (Puck im Tor.) Kompliment an die Kommentatoren: Die nennen ununterbrochen Namen von Spielern, denen sie die Scheibe zuordnen. So entstehen vor unseren Augen bizarrste Kombinationen.

Spiel ohne Ball (II)

Leserin Sonja P. meint: Kein Wunder, dass man als Eishockey-Zuseher den Puck kaum zu Gesicht bekommt. (Das große Manko dieser an sich begeisternden Sportart.) – P. behauptet: »Es gibt ihn gar nicht!«

Zugegeben, ihre Theorie ist gewagt, aber nicht uninteressant: Entstanden sei die Idee Anfang der fünfziger Jahre. Da wollten die Sowjets den USA zeigen, wer Großmacht ist. Da Sport die Massen bewegte, entschied man sich für Eishockey. Eisläuferisch begabte Russen konnten sich bewerben. Die Besten blieben Sowjets, die Zweitbesten nannte man CSSR, aus den Blonden bildete man das schwedische Team, die Rüpel wurden Kanadier, die Weicheier Amis und so weiter. Am 26. Februar 1954 (erste WM mit der UdSSR) wurde der Puck für immer aus dem Spiel genommen. Sieger des Turniers: die UdSSR. Und so ging das weiter. Als die Sowjets politisch schwächer wurden, siegten auch andere. Als das Reich zerfiel, stellten die Länder ihre Teams selbst. Das Geschäft mit dem fingierten Wettkampf aber blüht bis heute. Und die als Schiedsrichter kostümierten Eisläufer, die die Scheibe (etwa beim Bully) auftauchen und wieder verschwinden lassen, zählen zu den bestverdienenden Magiern der Welt.

Emporschlafen

Jüngst wurde der Frage nachgegangen, warum man beim Betreten einer stehenden Rolltreppe nach oben so leicht in Stolpergefahr gerät. Eine der guten Antworten war, dass man dabei über die eigene Gewohnheit stolpert. Das ist aber nicht ganz korrekt: Eher stolpert man über sein Wunschdenken, denn für gewöhnlich bewegen sich (Wiener) Rolltreppen wegen Wartungsarbeiten nur ausnahmsweise.

Entfernt verwandte Probleme tauchten unlängst auch in Graz auf, wo Landesamtsdirektoren noch das Herz haben, über Motive von »Sex im Büro« zu philosophieren. Dabei war von Frauen die Rede, die »das Bett als Sprungbrett benutzen, um sich die Karriereleiter emporzuschlafen«. Da jagt eine prächtige Metapher die andere (die Leiter empor). Leserin Christine fällt auf, dass immer nur von Frauen gesprochen wird, die sich emporschlafen, »aber nie von Männern, die Frauen emporschlafen«. – Das mag daran liegen, dass die Sprossen der Leiter flüchtig und auswechselbar sind.

Über vermeintlich emporgeschlafene Frauen, die ruhen, weil sie schon ganz oben sind, sollen übrigens schon viele Männer beim Aufstiegsversuch gestolpert sein. – Ein ähnliches Phänomen wie bei der Rolltreppe.

Viel Glück anderswo

Man kann von André Heller halten, was man will, aber das kann man im Grunde von jedem Menschen. – Und das macht Heller wieder so normal. Außerdem kann man Heller stundenlang zuhören, ohne sich zu fadisieren und ohne dass es ihn hemmt, wie unlängst wieder einmal auf FM4.

Heller sinniert zwar in 120 Minuten Interviewzeit etwa 110 Minuten über sich selbst, aber in den restlichen zehn Minuten sagt er mehr über die Welt als die, die sich zeitlebens darum bemühen. Um den kreativen Klemmzustand Wiens zu diagnostizieren, genügt ihm ein einziges hinkendes Satzgefüge: »Es gibt keine einem weniger Glück wünschende Stadt als Wien.« – Wer hier fahrlässig in Kulturkreise hineingeraten ist, wird das sofort bestätigen. Und Heller meint: »Mit dem gleichen Aufwand an Energie, mit dem man es in Wien zu was bringt, schafft man es auch in New York und Paris.« Gott sei Dank hat das Lugner nicht gewusst.

Jedenfalls wünschen wir allen jungen Künstlern, die in Wien resigniert haben, viel Glück anderswo auf der Welt. Wenn sie als Stars zurückkommen, wird man sie stürmisch feiern und nie mehr hergeben wollen.

Sonnengesichter

Dieser Tage konnte man Städter bei der weltschönsten Gratisbeschäftigung antreffen. Sie sind auf Parkbänken gesessen und haben das Gesicht in die Sonne gehalten. Gebräuchlich ist auch die Wendung: »Sie haben die ersten Sonnenstrahlen eingefangen«, aber das klingt nach Kidnapping, also nach harter Arbeit.

Das Gesicht in die Sonne zu halten ist kein rüder Routineakt, es erfordert höchste Genussbegabung. Wer das Gesicht in die Sonne hält, klappt dabei die Augenlider runter und tritt zur Diaschau an. Gezeigt werden prächtige Farbtafeln von bananenschalengelb bis müllmannorange bis kirschtomatenrot, je nachdem, wie fest man die Augen schließt. Inzwischen spielt sich im Kopf Umwälzendes ab: Die Gehirnzellen werden enteist, entstaubt, einzeln zum Lufttrocknen aufgehängt und an die Fernwärme angeschlossen.

Dabei sinkt der Intelligenzquotient zwar auf Werte eines Bachsaiblings, was man an der Mundkrümmung desjenigen, der sein Gesicht in die Sonne hält, unschwer erkennt. Aber das Herz fühlt sich gut an, wie ein offener Kamin. Und dem gerade noch erbärmlich stumpfen Alltag fehlt plötzlich kein Milligramm zur Glückseligkeit – Bis die erste Wolke kommt.

Ein Skidorf

Heute etwas Gruseliges, nichts für Herzschwache und Magenkranke. Bitte schnallen Sie sich an und begeben Sie sich mit uns auf die Bundesstraße 99, fahren wir vom Lungau Richtung Salzkammergut. Gemächlich klettern wir den flüssig durch Wald und Wiese gesteckten Asphaltkurs hinauf. Da – die Lichtung, noch eine Kuppe, letzte Kühe wenden sich schaudernd ab. Wäre George Orwell noch am Leben, er hätte uns gewarnt. So tauchen wir unvorbereitet in ein durchtrassiertes Getto-Pflaster der Abscheulichkeit. Die bösen Geister von Las Vegas müssen hier Salzburger Brauchtum für Rheinländer studiert haben, ehe sie ein gigantomanisches Denkmal neben das nächste setzten. Unverwüstlich betonierte Trutzburgen der Hotellerie wehren sich mit Riesenlettern gegen jeden Grundsatz der baulichen Ästhetik. Farben, die in der Natur verboten sind, wurden hier unverdaut herausgespieben.

Endlich sind wir durch. »Was war das?«, fragt einer von uns: »Ein böser Traum?« – »Nein, das war Obertauern«, erwidert ein anderer, »ein Skidorf, wie es die Gäste lieben.« – »Aber es ist Sommer, und kein Schneegestöber trübt den Blick.« – »Richtig, und das ist das Problem.«

Politik braucht ...

Politik braucht ein Gewissen« ist natürlich sensationell. »Gewissen« – das muss einem zur Politik erst einmal einfallen. Kein Wunder, dass sich die Parteien um diesen Slogan raufen. Wir hier haben uns aber auch ein bisschen bemüht, und heute können wir den Kandidaten für die Hofburg, wie wir meinen, ganz schöne Alternativen anbieten. Lieber Herr Dr. Fischer, überlassen Sie Ihrer Kollegin mit ruhigem Gewissen selbiges und wählen Sie aus unserem Sortiment: Politik braucht ein bisschen Frieden, ein bisschen Schlaf. Politik braucht Stahl statt Opernball. Politik braucht einen Dackelblick. Politik braucht Bauchfleisch. (Aggressive Werbelinie, für den kleinen Mann.) Oder subtil: Politik braucht Fischer ohne Köder.

Nun zu Ihnen, liebe Frau Dr. Ferrero-Waldner. Verzichten Sie auf das Gewissen, vom gewissen Etwas haben Sie viel mehr. Wie wäre es mit: Politik braucht mich wie du und ich. Politik braucht eine Anstandsdame. Politik braucht eine Beißzange. (Harte Werbelinie für Arbeiterbezirke.) Politik braucht eine Gartenkralle. (Werbung für Kleingärtner.) Politik braucht gesundes Zahnfleisch. (Antwort auf Fischers Bauchfleisch.) Oder aber: Politik braucht sich vor mir nicht zu verstecken, ich finde sie.

Wie alt ist das Kind?

Heute eine Quizfrage an alle Deutschlehrer Österreichs: In der wievielten Schulstufe könnte sich jenes Mädchen befinden, das da so beherzt und beinahe fehlerfrei von daheim erzählt?
- Wir haben ursprünglich in einem Haus gewohnt, in dem wir den ersten Stock gemietet hatten. Der Schulweg von dort war aber immer gefährlich.
- Bevor ich (...) Jahre alt war, musste ich über einen Feldweg in die Schule gehen. Mein Vater wollte nie, dass ich dort am Abend allein nach Hause gehe. Mein Vater hat ein eigenes Haus gebaut, an einem nicht mehr so entlegenen Ort, von dem der Schulweg auch nicht mehr so gefährlich war.
- Wann immer ich nach Hause kam, war eigentlich meine Mutter da.
- Wir hatten, als ich klein war, zuerst einmal einen Schäferhund, den ich besonders gern hatte, der aber dann leider wegkam (...). Dann hatten wir jedenfalls noch einen Dackel, den ich besonders gern gehabt habe.
- Es war so, dass wir vieles nicht hatten.

Lösung: Die Dame befindet sich in keiner Schulstufe mehr. Sie ist schon erwachsen (55), schrieb (oder stellte) diese und ähnliche Sätze auf ihre Homepage – und wäre mit ein bisschen Glück unsere neue Bundespräsidentin geworden.

Wir lieben Deutsche

Heute eine Theorie, die vermutlich noch nie aufgestellt wurde: Die Österreicher lieben die deutsche Mentalität. Zugegeben, sie lieben sie so geheim, dass sie sich nie dabei erwischen ließen, und derart geheim, dass die Deutschen es nie bemerken würden.

Österreicher sind kleine, mental verhinderte Deutsche. Wenn sie den deutschen Weg beschreiten, dann biegen sie dort ab, wo es ans Durchbeißen ginge. Österreicher knabbern nur an, sie beißen niemals durch. Doch sie sind scharfe Durchbeißerbeobachter und begnadete Durchbeißerspötter.

Die Deutschen wissen, sie können es schaffen. Die Österreicher wissen, sie würden es schaffen, wären sie Deutsche, und sie könnten es schaffen, hätten sie das Glück der Deutschen. (Das Glück der Deutschen besteht darin, dass sie Durchbeißer sind.) Wenn Österreicher sehen, wie sich Deutsche durchbeißen und wie sie es dennoch nicht schaffen, ist das Gewissen beruhigt und der Nationalstolz gefestigt. Mitleid kommt nur deshalb nicht auf, weil diesem die Schadenfreude vorgelagert ist. Österreicher freuen sich eben lieber als dass sie leiden.

Österreich ist bei der Fußball-EM vorher abgebogen. Deutschland ist ausgeschieden. Dafür lieben wir sie.

Doktor Schneckerl

In Österreich erklärt sich die Welt leichter als anderswo. Ein knappes Dutzend Eliteexperten genügt. Doktor Rudas hat den Kopf inne. Professor Friedrich kümmert sich um das Kind. Brigadier Karner bleibt der Krieg. Doktor Senger weiß um den Sex. Doktor Karmasin kennt die Motive. Um Politik wird noch gefeilscht, vielleicht überlässt man sie einfach sich selbst.

Auch um den Fußball muss man sich keine Sorgen mehr machen. Der (im TV-Studio) promovierte »Doktor Schneckerl« Prohaska hat die EM derart im Griff, dass man meinen könnte, Österreich sei der Gewinner jedes Spiels. Was nicht »prinzipiell« ist, ist »grundsätzlich«. Was noch nicht möglich ist, ist »womöglich«. Was länger nicht möglich sein kann, ist »à la longue«. Wenn man energische Portugiesen sieht, verdeutlicht Dr. Schneckerl: »Hier sieht man ganz einfach, wie energisch dass die Portugiesen sind.«

Auch heikle Fragen meistert er bravourös. Ob man den Fußballern an spielfreien Tagen Privatleben zumuten sollte? – Da sagt er: »Wenn man verheiratet ist, ist es grundsätzlich kein Problem, dass man seine Frau einmal drei Wochen nicht sieht.« – Endlich scheint auch der Experte für unerwartete Scheidungsangelegenheiten gefunden.

Lavendelpudding

Dass es heute Rosensirup gibt, ist ein schöner Erfolg der Pressindustrie. (Bald wird man auch Wasa Knäckebrot in Flaschen abfüllen können.) Dass nach der Zucchiniblüte auch das Gänseblümchen, die Gundelrebe und die Duftgeranie den Sprung von der Wiese auf den Teller schaffen konnten, zeugt von der Hinwendung der heimischen Deko-Küche zur Hochblüte. Aber unlängst habe ich Lavendelpudding gegessen. Und jetzt reicht es mir!

Wollen Sie wissen, wonach Lavendelpudding schmeckt, wenn er gelingt? – Nach Lavendel! Und wissen Sie, wie Lavendel schmeckt? – So wie er riecht! Sogar den Motten wird speiübel davon.

Kennen Sie auch nur einen einzigen Innenraumausstatter, der das Gewürzregal mit dem Kosmetiktisch kombiniert und den Alibert in die Küche hängt? Vielleicht ist das jetzt wertkonservativ, aber ich meine, man sollte weder Knorr durch Pril noch Maggi durch Camay ersetzen. Blumen gehören in den Garten, Seifen in die Seifenschüssel, Essen in die Pfanne. Denn irgendwo endet ja auch Styropor, und es beginnt die Reiswaffel. Lavendel mag geschmackvoll sein, wie van Gogh ihn malt. Im Pudding hat er aber wirklich nichts zu suchen.

Pfirsichklo

Ist Ihnen schon aufgefallen, dass neuerdings jede bessere Toilette nach Pfirsich duftet? WC-klimatisch mag das ein schöner Fortschritt sein. Aber was bedeutet es für das Frucht-Image? Hier die Stationen.

Wanderjahre: Der Pfirsich kam im mittleren China unauffällig zur Welt, fasste in Nordchina Fuß, schleppte sich über den Vorderen Orient in den Mittelmeerraum, wo sich Römer seiner bedienten und (die Kerne) bis nach Österreich trugen. Uns als Kinder hat der Pfirsich an und für sich gut geschmeckt, aber immer musste er vor sich hinsafteln. Oft pickte die Frucht am Kern, der wiederum von Ohrenschlüpfern gut besucht war. Unverzeihlich: seine Gänsehaut verursachende pelzige Schale.

Ab 1980 eroberte die Nektarine den Markt. Die konnte man mit Haut und ohne Haare verspeisen. Um den Pfirsich wurde es still. Immer öfter flüchtete er in den Alkohol und versenkte sich in Früchtebowlen.

Mitte der neunziger Jahre sackte er noch eine Liga tiefer ab. Der Pfirsichspritzer wurde erfunden, ein Getränk, das die grindigsten Vorstadtplüsch-Etablissements wie im Sturm eroberte.

2004: Shampoo. Seife. Duschgel. Duftente. WC-Konzentrat. – Der Pfirsich ist in der Gosse gelandet.

Potenzieller Exmann (I)

An einem Tisch der Raststätte Korneuburg hat kürzlich ein junger Mann Zeitung gelesen, während er seine Melange süßen wollte. Er nahm ein blaues Zuckersackerl, riss es auf, leerte den Inhalt in den Aschenbecher und warf das Papier in den Kaffee. Danach hob er den Blick von der Zeitung, sah sein Werk und fragte: »Bin i scho ganz deppert?«

Diese Frage wollen wir heute mit: »Nein, männlich« zu beantworten versuchen. Es geht nämlich das Gerücht um, dass sich Männer nicht gleichzeitig auf zwei Dinge konzentrieren können. (Auch nicht auf drei.) Leserin Sandra, eine Verfechterin dieser Theorie, erzählt: »Sich auch einmal um das Baby zu kümmern« war für ihren Exmann theoretisch kein Problem. »Von der Arbeit rechtzeitig nach Hause zu kommen« – gelang ihm immer wieder. Aber: »Rechtzeitig nach Hause kommen und sich auch einmal um das Baby kümmern«, zeitgleich sozusagen, das schaffte er nicht. Immer wenn er sich »einmal um das Baby kümmern« wollte, kam er bedauerlicherweise erst nach Hause, wenn das Baby schon schlief.

Sandras an der Praxis erprobte zweite Theorie: Männer, die sich nicht auf zwei Dinge gleichzeitig konzentrieren können, sind potenzielle Exmänner.

Potenzieller Exmann (II)

Empörte Anrufer an einem Morgen im Mai tun gut. Sie regen den Kreislauf an und putzen die Ohren durch. Unlängst musste ich mir sehr laut anhören, dass ich »männerfeindlich« schreibe. Anlass war der hier geäußerte und mit Beispielen belegte Verdacht, Männer hätten Probleme, sich auf mehr als eine Sache gleichzeitig zu konzentrieren. Dass ausgerechnet ein Mann darüber spotte, sei Ausdruck des »linken Zugangs der Redaktion zu gesellschaftlichen Themen«, meinte der Anrufer. (Zum Glück hat er mich noch nicht in meinem »Ich-bin-eine-linke-Emanze«-T-Shirt gesehen, welches ich gerne beim Umtopfen von Zimmerpflanzen verwende.)

»Machen Sie sich doch einmal über Frauen lustig!«, forderte mich die Stimme des Herrn auf. – Tut mir leid, ich finde das nicht lustig, wenn sich Männer über Frauen lustig machen. Lustiger ist es, wenn sich Frauen über Frauen lustig machen. Aber am lustigsten ist es, wenn sich Männer über sich selbst lustig machen: Das gibt am meisten her. Von »männerfeindlich« kann dabei nicht die Rede sein. Denn Selbstironie ist die Schwester der Unverbesserlichkeit. Wer über seine Schwächen lacht, verrät, dass er sie behalten will. Männer können das gut.

Dabei sein war alles

Nachruf auf einen Irish Setter namens Prinz

Prinz ist in hohem Alter gestorben. Eben noch hatte er sich absolut unkooperativ ins Freie zerren lassen, wo er eine der beiden Tätigkeiten verrichten durfte, für die er lebte – wobei er uns zuletzt das Gefühl gab, er gehe eigentlich nur noch uns zuliebe Gassi. (Für grobe Fehleinschätzungen dieser Art verwünschten wir ihn mehrmals täglich.)

Auf einmal fehlt er uns. Die Küche riecht nicht mehr nach Chappi. Der Kühlschrank ist unbeaufsichtigt. Nirgendwo stolpert man über rötlich gefärbte Tennisbälle. (Prinz hatte Zahnfleischbluten.) Keine Speichelpfützen, die auf konzentrierte und lokal begrenzte Appetitkundgebungen zurückzuführen wären. Keine feucht-schaumigen Stellen, die von jüngsten Magenturbulenzen zeugten. Keine in Barthaaren und Schlappohren zwischengelagerten und zur Befriedigung des Juckreizes in den Teppich eingearbeiteten Speisereste. Keine zu Staub getretenen Frolic-Ringerln. Keine gewölbten Bodenbeläge – Künder der zahlreichen internen Kämpfe zwischen Prinz und sich selbst. Sterile Haarbüschellosigkeit in allen Ecken und Nischen. Die Wohnung, die Prinz professionell versaut hat, ist plötzlich hundeleer.

Prinz ist eingegangen. Er hat seine Hinterbeine nicht mehr in die Höhe gekriegt. Er wusste wahrscheinlich gar nicht, dass er noch welche hatte. Die letzten Wochen mussten wir ihn zum Gassigehen jedes Mal auf die Beine stellen. Wenn er einmal stand, schleppte er sich wie ein Roboter vorwärts.

Nach einer Art Schlaganfall im vergangenen Sommer, als er im Zickzackkurs durch den Garten lief und sich wie ein Motorradfahrer in die Kurven legte, bis er umkippte, bekam er täglich seine Herztabletten. Das war verträglich. Und es tat uns gut, ihn im aufgeputschten Zustand noch manchmal lustvoll und schwanzwedelnd bei der Sache (Pappi, Gassi) zu sehen. Schließlich ging er in die Knie. Mit Injektionen konnte man ihn nur noch jeweils für einige Stunden aufrichten. Der Tierarzt schlug vor, wir sollten Decken mitnehmen, um ihn gegebenenfalls Gassi zu schleifen. Prinz wäre es egal gewesen, ihm war zuletzt alles egal. Er hätte sich auch widerstandslos auf eine Rodel binden oder auf einen Radwagen setzen lassen. Er hätte jedes Mal blöd heruntergeschaut und sich nichts weiter dabei gedacht. Bei dieser Vorstellung war unser Grad westlicher Perversität, sich Haustiere wie Hofnarren zu halten, überschritten. Als auch dem Tierarzt nur noch Skurrilitäten zur Aufrechterhaltung des Mythos »lebendes Kuscheltier« einfielen, ließen wir Prinz einschläfern. Uns hat die Spritze mehr wehgetan als ihm. Er wusste nicht, was sie bewirkte.

Prinz ist gestorben. Kleiner Trost: Er ist, da ihm zeitlebens kein Kinder- oder Briefträger-Schenkel ins Maul geraten war, garantiert in den Hundehimmel gekommen. Er war ein Braver. Mehr noch: »So ein Braver!« Wenn nicht sogar: »Ganz ein Braver!« Er war ein Irish Setter, also unmündig, daraus erklärt sich die Babysprache bis in sein hohes Alter.

Prinz war uns geistig unterlegen. Das hat er schamlos ausgenützt. Er war zeitlebens davon befreit, sich um seine Angelegenheiten selbst zu kümmern. Wenn er etwas wollte, bellte er. Diesen kausalen Zusammenhang herzustellen strengte ihn offenbar bereits derart an, dass ihm die Kraft fehlte, uns zu verraten, warum er bellte. Wir mussten selbst dahinterkommen. Besonders schwer war dies, wenn er nur deshalb bellte, weil ihm fad war. Das konnte man stündlich von ihm haben.

Als Gegenleistung nahmen wir uns heraus, ihn, bei allem Respekt vor seinem adeligen Stammbaum, wie einen Vollidioten zu behandeln. (Zum Glück war er einer – und hat deshalb nichts bemerkt.) Für einen Hund, könnte man meinen, sei er klug gewesen. Da gehen die Meinungen auseinander. Ein Freund der Familie, der Prinz dabei beobachtet hatte, wie er nach einem Wespenstich in Revanche-Absicht stundenlang ins Nest hineinbellte, ordnete ihn IQ-mäßig der Gruppe der Liliengewächse zu. Elisabeth hielt bis zuletzt eine gewagte Gegentheorie aufrecht: »Er ist klug, er versteht alles, er gibt's nur nicht zu.« Das musste sie sagen. Denn sie war es, die ihn vor vierzehn Jahren gekauft hatte. Viertausend Schilling hat er gekostet.

Als ich dazukam, war nichts mehr zu machen. Da war Prinz sechs und sowohl körperlich als auch geistig voll ausgereift. Wir verstanden uns auf Anhieb. Er bellte. Ich sagte: »Muss der Hund bellen?« Er bellte. Ich sagte: »Kann jemand den Hund abstellen?« Er bellte. Elisabeth rief: »Pfui, Laut!« Prinz stellte den Kopf quer – ein Zeichen, dass er den Befehl schon einmal gehört hatte – und bellte weiter. Ich sagte: »Kusch, Prinz!« Elisabeth

sagte: »Schrei nicht so mit ihm, er kann ja nichts dafür.«
Er bestätigte (bellte). Elisabeth meinte: »Wahrscheinlich muss er Gassi.« Ich dachte: Soll er gehen. Elisabeth fragte mich: »Gehst du mit ihm?« Prinz bellte.

Wir mussten dreimal täglich, also 15.330 Mal insgesamt. (Durchfallerkrankungen mit Gassi-Rhythmus im Halbstundentakt nicht eingerechnet.) Ihm selbst wäre es egal gewesen wo. Wir einigten uns auf: außerhalb der Wohnung. An der Leine war er unerträglich. Sie war zeitlebens gespannt. Bis ins Alter von dreizehn Jahren zog Prinz in Laufrichtung. Von einem Tag auf den anderen zog er nach Hause zurück.

»Fuß« war ihm ein Begriff. Solange man »Fuß« sagte, ging er »Fuß«. (»Fuß« sagte man etwa eine Sekunde lang.) Nach hundertmal »Fuß« resignierte man und ließ ihn ziehen.

Ohne Leine war er meistens ruhiger. (Ohne Leine war er meistens fort.) Den Wienerwald schätzte er anfangs kugelförmig ein. Unter dem leiser werdenden Kommando »Prinz, hier, komm zurück!« lief er geradewegs in das nächstbeste Waldstück. Als er irgendwo auf der anderen Seite herauskam, wunderte er sich, dass niemand von uns da war, um ihn zu empfangen. Die Ziele seiner Heimstrecken waren der Heinz-Conrads-Park mit dem von ihm hundertfach gegengezeichneten Gedenkstein und ein kleines Rasenstück bei den Elin-Werken, berühmt für sein intensives Bouquet. Zwei Dutzend Hunde aus der Umgebung betrachteten die Wiese als ihr Revier und demütigten einander täglich mit immer neuen Übersprayungen.

Hin und wieder kam es zu tätlichen Auseinandersetzungen. Prinz war ein Feigling, ein konfliktscheuer Schnüffler, alles andere als ein gemeiner Raufer. Aufgrund seiner Körpergröße sah er sich allerdings verpflichtet, zumindest so zu tun, als würde er sich nichts gefallen lassen. Wenn der gegnerische Rüde, fadisiert ob des ungleichen Kampfes, abgezogen war, bellte ihm Prinz noch einmal grausam nach, feierte sich selbst als Sieger und begoss den Erfolg auf seine Art – mit horizontal gespreiztem Hinterbein.

Prinz hatte enorme Platzprobleme. Er war sich selbst zu groß und wusste deshalb oft nicht, wohin mit sich. Mental stufte er sich als Schoßhündchen ein. Deshalb signalisierte er allabendlich Entschlossenheit, für ein angemessen kleines Schoßplätzchen auf einer der Kontaktpersonen zu kämpfen. Der Hinweis: »Prinz, das geht nicht, zu bist zu groß«, beflügelte ihn zu immer wagemutigeren Besteigungsaktionen.

Insgesamt war es sein lebenslang größtes Anliegen, dabei zu sein. Dieses Ziel verfolgte er rund um die Uhr. Die Erfüllung bestand darin, eng eingerollt in gleichzeitiger Tuchfühlung zum gesamten verfügbaren Pflegepersonal zu sein. Er suchte die Berührung, brauchte den Körperkontakt, musste die Menschen zwanghaft bekörpern.

Zudem war er rasend eifersüchtig. Küsse lehnte er kategorisch ab, bellend oder heulend, je nach Intensität. Aus Zweierbeziehungen machte er schonungslos Dreierbeziehungen. Nichts war ihm zwischenmenschlich eng genug, um sich nicht doch noch irgendwie hineinzupressen. Fast nichts.

Prinz war ein Jagdhund, wahrscheinlich der einzige

ohne Beute. Er kannte sie alle: »Rehli«, »Wildschweindi«, »Osterhasi«. Er hatte sie kilometerweit herbeigerochen. Er sah sie herdenweise vorbeiziehen. Er zitterte am ganzen Körper, fiebste vor Aufregung. Aber sie waren ihm nicht vergönnt. Im entscheidenden Moment hielt die Leine. Und eine Menschenstimme flüsterte mit zarter Ironie: »Nein, Prinz, das Rehli kann man nicht haben!«

Er musste sich mit Ersatzbefriedigungen begnügen. Er badete in Wildtränken, wälzte sich im Aas, zerlegte Eidechsen, apportierte Kröten und misshandelte Junikäfer. In der Firma, in der Prinz die Werktage verbrachte, war einmal ein Meerschweinchen zu Besuch. Es erwies sich jedoch als untüchtiger Spielgefährte. Gleich nach der herzlichen Begrüßung war es tot.

»Katzi« war für Prinz zweifellos das aufregendste Lebewesen der Welt. Es hielt in ihm bis zuletzt den Mythos des greifbar Unerreichbaren aufrecht. Begegnungen dieser Art lösten bei ihm panikartige Zustände aus. Das Wort allein zwang ihn zu fieberhaften Suchaktionen, unabhängig von der Wahrscheinlichkeit, auf ein Exemplar der Gattung zu stoßen. Der Aufruf: »Prinz, da schau, Katzi, wo ist das Katzi, na such's Katzi, so ein böses Katzi«, mit der Richtungsangabe »Brotlade« war ihm beispielsweise animierend genug, eine halbe Stunde den entsprechenden Öffnungsspalt zu fixieren. Währenddessen hätten hinter seinem Rücken fünf Katzis unbemerkt vorbeiziehen können. Gezielter ging Prinz mit dem Hinweis »Mausi« um. Mausis war für ihn die Summe aller (ebenfalls unerreichbaren) kleinen Katzis, die unter der Erde lebten. Mit dem Kommando »Such's

Mausi!« konnte Prinz für leichtere Gartenarbeiten herangezogen werden.

Jene Menschen, die ihn für »gar nicht so blöd« hielten, gründeten dies auf zwei außergewöhnliche Leistungen. Die erste war eine des Gedächtnisses und konnte schon deshalb nicht hoch genug eingestuft werden. In seinen jungen Jahren wohnte ein Fasan ein paar Meter über ihm an der Küchenwand. Prinz gab die Hoffnung nie auf, der Vogel könnte sich eines Tages doch noch bewegen und zumindest auf halbem Weg zu ihm herunterkommen. Das geschah nie, und irgendwann war er fort. (Wir erkannten die Geschmacklosigkeit.) Prinz aber wusste für immer, wo er bei gegebenem Reiz zu suchen hatte: oben. Auf die Frage: »Wo ist der Fasan?« streckte er, egal wo und in welcher Lage er sich befand, seinen Kopf senkrecht in die Höhe und hielt Ausschau. Wir sagten: »Brav is' er!« Prinz wusste nicht, warum. Und suchte weiter.

Prinz war, und das war seine zweite disziplinäre Leistung, fähig, vorübergehend auf das zu verzichten, was ihm das Wichtigste war auf Erden, auf Pappi. Man konnte ihm unter dem wiederholt energisch vorgebrachten Hinweis »Pfui ist das!« jedes noch so begehrenswert fette »Extrawursti« direkt unter die Nase reiben – er wandte seinen Kopf im Fließverkehr der Speicheldrüsen scheinbar angewidert zur Seite. Nie jedoch verlor er das Wurstblatt aus den Augen. Denn er wusste, jeder noch so beharrlich mit »Pfui« bezeichnete Leckerbissen war über kurz oder lang der seine. Es musste nur endlich jemand »Na nimm's dir« sagen. Dann schnappte er gierig zu.

Bei der Nahrung achteten wir darauf, dass Prinz nicht einseitig ernährt wurde. Er bekam abwechselnd Chappi und Pal, jeweils die größten im Handel erhältlichen Dosen, davon allabendlich ein oder zwei. Menü-Abweichungen dankte er uns nicht. Mit Heißhunger verschlungene Spaghetti Bolognese fanden sich nach verdächtigen Würggeräuschen eins zu eins auf dem Wohnzimmerteppich wieder. Als er dreizehn und somit bereits im Greisenalter war, versuchten wir, des Dosenkaufens, -schleppens und -öffnens überdrüssig, ihn auf »Eukanuba« umzustellen, vitaminreiche Vollwertkeksi vom Feinsten. Prinz roch einmal kurz in seine rote Schüssel hinein, drehte sich um – und trat in einen unbefristeten Hungerstreik. Der Arzt sagte, das sei normal. In zwei, drei Tagen würde jeder noch so verwöhnte Hund zu fressen beginnen. Nach zwei Wochen resignierten wir und besorgten Prinz seine legendären Dosen mit gallertigem Inhalt.

Prinz war ein Wachhund. Zumindest in der Nacht, da war er wach. Nicht dass er jemals auf jemanden von uns aufgepasst hätte. Sein Beschützerinstinkt erschöpfte sich in der Beaufsichtigung der eigenen Fressschüssel. Er selbst hatte nur zwei Feinde: den benachbarten Schäferrüden Luzifer, mit dem er sich orgiastische Stiegenhaus-Bellduelle lieferte. Und den wohnungsansässigen Staubsauger, den er für das gefährlichste aller Tiere hielt, weil dieser es wagte, mit grässlicher Geräuschkulisse in seine heimelige Nische unter der Küchensitzbank einzudringen.

Prinz war ein tolerantes Lebewesen. Fremdenangst war ihm fremd. Fremde Menschen bellte er prinzipiell nicht an, er kannte sie ja nicht. Er vertraute jedem. Er ging auch freiwillig mit jedem mit, der ihm etwas zu bieten vorgab (Pappi, Gassi). Einbrechern hätte er die sofortige Chance der Wiedergutmachung ermöglicht – ein paar Frolics hätten genügt. Die Diebe hätten dann ruhig auch alle Wohnungsgegenstände mitnehmen dürfen. Prinz konnte darauf verzichten. Wahrscheinlich hätte er die Diebe sogar noch schwanzwedelnd zur Tür begleitet.

In der Nacht war er ruhelos. Alle fünf Minuten wechselte er seine Position, spiralenförmig um die Betten seiner Pappi-Macher. Die Abfolge war immer die gleiche: ein paar Schritte, ein paar Drehungen um die eigene Achse – und dann die unter wohligen Grunzgeräuschen vollzogene kurzfristige Niederlassung. Danach genossen wir (Halb-)Schläfer die Phase der Ruhe.

In lauen Sommernächten blieb mitunter das Grunzgeräusch aus. Stattdessen strich ein übelriechender Föhn über einen unserer Kopfpolster. Zwangsläufig öffnete der Betroffene die Augen. Da stand Prinz nun wie versteinert über das Bett gebeugt, sein Haupt nur einige Zentimeter vom menschlichen Gesicht entfernt – und starrte kategorisch blöd in die Leere des finsteren Raumes. Fast konnte man meinen, er sammelte in diesen reizarmen nächtlichen Momenten all seine geistigen Kräfte für den Versuch eines Gedankens. Wir hätten ihm diesbezüglich so sehr ein Erfolgserlebnis vergönnt.

Prinz ist gestorben. Abschließende Bilanz: Er war dabei. Er hat uns an die »frische Luft« gebracht. Er hat uns aufgeheitert. Er hat uns gelehrt, »Na freilich!« zu sagen. Er hat uns mit Gesprächsstoff versorgt. Wir haben uns auf seine Kosten amüsiert.

Sicher: Er war teuer. Er war von Geburt an ein Pflegefall. Er war lästig. Er war penetrant. Er war ungustiös. Das Schöne an alldem war, dass man es ihm sagen konnte. Das Befreiende war, dass man ihm alles sagen konnte. Zuletzt, wenn er stundenlang grundlos das Bücherregal anbellte, fragten wir ihn in aller Offenheit: »Prinz, wann stirbst du eigentlich?« – Nie würde man Ähnliches gegenüber einem Uropa auch nur anzudeuten wagen. Bei Prinz war die Frage erlaubt. Er konnte sie nicht falsch verstehen, denn er konnte sie nicht verstehen. Er stellte den Kopf quer – und behielt sich die Antwort vor. Diese Geste war unabsichtlich würdevoll. Dafür streichelten wir ihn. Wir hatten ihn gern. Wir wollten nie, dass er stirbt. Wir vermissen ihn. Keiner bellt mehr das Bücherregal an.

Fluchtachterl

Irgendwann endet die Phase, in der wir spüren, dass es Zeit wäre, nach Hause zu gehen. Und es beginnt die Phase, in der wir merken, dass es Zeit *gewesen* wäre, nach Hause zu gehen.

Was die Müdigkeit betrifft, so unterscheiden wir jene, die in den Schlaf übergeht, von jener, die im Schlaf untergeht, von jener, die ohne Schlaf vorbeigeht. Und dann gibt es noch die vierte, jene, die im Wachsein erstarrt. An ihr halten wir (uns) fest. Doch es hilft nichts. Wir können nicht länger bleiben, denn wir müssen am nächsten Tag aufstehen. Allerdings müssen wir am nächsten Tag *immer* aufstehen, manchmal sogar am selben Tag. Manchmal wagen wir gar nicht, uns hinzulegen, so bald müssen wir wieder aufstehen. Und manchmal sollten wir schon aufgestanden sein, bevor wir uns hinlegen.

Was den Wein betrifft, hätten wir natürlich weniger trinken können. Wir hätten auch gar nichts trinken können. (Aber kann das der Sinn des Lebens sein?) Wir hätten langsamer trinken können. Wir hätten später anfangen und früher aufhören können. Wir hätten Pausen einlegen können und zwischen den Pausen weitere Pausen und so weiter. Jedenfalls haben wir längst bezahlt. Die Uhr funkelt uns an. Der Gesprächsstoff hat sich entmaterialisiert. Alle Hände sind geschüttelt, alle Wangen sind befeuchtet.

Jetzt ist es wirklich soweit. Beinahe. Denn: Eines ist immer noch gegangen. Ein allerletztes. Ein allerschönstes. Ein allerbestes. Ein Fluchtachterl. Ohne dieses eine gehen wir nicht nach Hause. Ohne dieses eine wären wir gar nicht gekommen.

Die ultimative Elternschule

Theo ist der Neffe von Bestseller-Autor Daniel Glattauer. Bei seiner Geburt fasste sein Onkel den Entschluss, zu beschreiben, wie das Kind die Welt der Erwachsenen für sich erobert. Einmal im Jahr erschienen Porträts des Ein-, Zwei- und Dreijährigen. Mit drei gab Theo sein erstes Exklusivinterview. Doch sein Mitteilungsbedürfnis war damit noch lange nicht gestillt. Nach Theos vierzehntem Geburtstag wurden die Rollen getauscht: Theo führte ein Revanche-Interview mit Onkel Daniel. Eines der witzigsten Bücher, das je über Kinder geschrieben wurde.

272 Seiten. Gebunden
www.daniel-glattauer.de

Die ganze Welt des Taschenbuchs
unter
www.goldmann-verlag.de

Literatur deutschsprachiger und
internationaler Autoren,
**Unterhaltung, Kriminalromane, Thriller,
Historische Romane** und **Fantasy-Literatur**

Aktuelle **Sachbücher** und **Ratgeber**

Bücher zu **Politik, Gesellschaft,
Naturwissenschaft** und **Umwelt**

Alles aus den Bereichen **Body, Mind + Spirit**
und **Psychologie**

Überall, wo es Bücher gibt und unter www.goldmann-verlag.de

Goldmann Verlag • Neumarkter Straße 28 • 81673 München